Severino Rodrigues

Sequestro em Urbana

Ilustrações: Robson Araújo

1ª edição
5ª reimpressão

© 2013 texto Severino Rodrigues
ilustrações Robson Araújo

© Direitos de publicação
CORTEZ EDITORA
Rua Monte Alegre, 1074 – Perdizes
05014-001 – São Paulo – SP
Tel.: (11) 3864-0111 Fax: (11) 3864-4290
cortez@cortezeditora.com.br
www.cortezeditora.com.br

Direção
José Xavier Cortez

Editor
Amir Piedade

Preparação
Isabel Ferrazoli

Revisão
Gabriel Maretti
Jaci Dantas
Patrizia Zagni

Edição de Arte
Mauricio Rindeika Seolin

Dados Internacionais de Catalogação na Publicação (CIP)
(Câmara Brasileira do Livro, SP, Brasil)

Rodrigues, Severino
 Sequestro em Urbana / Severino Rodrigues; ilustrações Robson Araújo — 1. ed. — São Paulo: Cortez, 2013.

 ISBN 978-85-249-2138-4

 1. Literatura juvenil I. Araújo, Robson. II. Título.

13-10565 CDD-028.5

Índices para catálogo sistemático:

1. Literatura juvenil   028.5

Impresso no Brasil — fevereiro de 2024

*Aos meus pais, ao meu irmão João,
a Elisangela de Melo Barros,
a Eliana Martins e a Lenice Gomes.*

Sumário

1. Pode acontecer com qualquer um 7
2. Correndo para esquecer 8
3. Sequestro 12
4. O bom e velho tabuleiro de damas 15
5. Observações na redação 19
6. A faxineira 24
7. Cogitando 27
8. O melhor amigo dos professores 29
9. Suspeitos 31
10. Sozinho 35
11. Um tempo 38
12. Primeiro suspeito 41
13. Devorando livros 45
14. Segundo suspeito 47
15. Vestibular para Sherlock ou Poirot? 52
16. Colegas 55
17. Terceiro suspeito 58
18. Passado e presente se confundem 62
19. Escravos invisíveis 65
20. Voltando 69
21. Segundo sequestro 72

22. Em busca da amiga perdida 76
23. Um beijo no escuro da noite 79
24. Mais um sequestro 82
25. Surpresa na noite 85
26. Eu, o sequestrador? 88
27. Um mapa 90
28. A aventura aquece 93
29. Medos e perigos 97
30. Novos beijos 100
31. Explicações 103
32. Após 107
33. Decisões nada fáceis 109
34. Resultados 114
35. Amigo e amor 117

Pode acontecer com qualquer um

Pode acontecer com qualquer um ser sequestrado às dez horas da noite.

Renato abriu o portão do prédio com uma expressão séria, bateu com força para fechá-lo e, em seguida, escondeu as mãos nos bolsos do casaco.

Absorto, começou a caminhar pela calçada. Apertou os dentes. Sequer reparou num casal que passara ao seu lado.

Ao encontrar uma lata de refrigerante vazia, chutou-a com vigor. O alumínio acertou o tronco de uma árvore. As raízes quebravam o cimento, sobressalentes.

Ergueu os olhos e percebeu os galhos agitados pelo vento. De repente, escutou:

— Renato!

Respirou tenso. Reconheceu aquela voz.

Aproximando-se, o conhecido enlaçou os ombros do rapaz e falou pausadamente:

— Amigo, sabe que sofrer é amadurecer?

2

Correndo para esquecer

O Sol lutava para aparecer em Urbana naquela manhã nublada. Mas os cidadãos não perderam a animação por causa do cenário típico de inverno.

A leste, na Área Azul, eles faziam alguma atividade física. Entre os jovens, estava Pedro. Angustiado, corria para esquecer o vestibular.

Aos 17 anos, o rapaz era praticamente obrigado a decidir o curso que guiaria os rumos da sua vida.

Acelerou.

Pensou na namorada que já resolvera essa questão. Ela faria Jornalismo. Pedro imaginou-se jornalista também, porém acabou desistindo.

No entanto, estimulava o sonho da jovem. Após as corridas, parava na banca de jornal, adquiria a *Folha de Urbana* e levava para ela. Pensando nisso, confirmou, ao olhar o relógio, que estava em cima da hora.

— Obrigado — agradeceu ao jornaleiro e, apressado, dobrou o exemplar, guardando-o num dos enormes bolsos da bermuda.

Na pressa, o rapaz não leu as notícias da primeira página.

***

Enquanto esperava, Pedro observou a calçada molhada. Àquela hora, poucas pessoas andavam pela rua.

A bela Paloma apareceu na porta entreaberta. Desceu os degraus da entrada da casa, devagar, sorridente. Queria assustar o namorado, que estava de costas, abrindo o pequeno portão de ferro, sem fazer barulho. Contudo, as dobradiças enferrujadas denunciaram-na.

– Bom dia – voltou-se Pedro.

– Bom dia – ela respondeu meigamente.

Paloma arrepiou-se ao entrar em contato com a pele suada do rapaz para um abraço. Beijou-o.

– Mas que hor-ror! – alguém criticou.

Largaram-se rindo.

– Isso são horas de namorar?!

– Bom dia, Marcele! – cumprimentou o casal ao mesmo tempo.

Era a melhor amiga de Paloma. Os três estudavam juntos no mesmo colégio.

– Abraçando o namorado todo suado?! – ela continuou com uma careta.

A amiga mordeu o lábio inferior marotamente.

– É legal acordar cedo para correr – desconversou Pedro. – Atividades físicas são excelentes para quem está estudando para o vestibular.

— Prefiro dormir — Marcele bocejou. — Mas convida ela aí!

— Você sabe que eu caminho na parte da tarde — Paloma retrucou. — Agora, por que você acordou cedo hoje? Sempre chega atrasada ao colégio.

— Caí da cama — ela respondeu. — Aproveitei e fui à padaria. Não consegui dormir direito.

— Por quê? — indagou a amiga.

— Eu e o Renato brigamos.

— Quando?

— No sábado...

— Qual o problema? — quis saber Pedro.

— Sei lá! Ele estava estranho... Parecia distante, mal me escutava e nem falava nada. Mas, de repente, gritou comigo, falou que eu não o entendia e a gente acabou discutindo feio. E isso tudo na praça de alimentação do *shopping* — revirou os olhos, envergonhada. — Fui embora. E ele ficou lá sozinho...

— E o Renato não ligou ontem? — perguntou Paloma.

Marcele balançou a cabeça em negativa. Em seguida, cabisbaixa, encostou-se no muro da casa da amiga, segurando a sacola de pães.

— Não fica assim — disse Paloma. — Vocês vão se entender.

— Não sei... — ela comentou, desanimada.

Voltando-se para o namorado, Paloma lembrou:

— E meu jornal!? – quem sabe o exemplar poderia ajudar a mudar o rumo da conversa.

O rapaz pegou-o do bolso da bermuda e, ao entregar, quis saber:

— E então, qual a grande notícia do dia?

A namorada desdobrou as enormes folhas e o cheiro familiar do papel veio à tona. Entretanto, Paloma não respondeu.

Pedro estranhou.

— E aí? – ele insistiu. – Qual a grande notícia do dia?

Mais uma vez, não houve nenhuma resposta.

Com a mão, o rapaz abaixou o exemplar, intrigado. A face da namorada estava branca, olhos marejados. Os lábios e as mãos tremiam.

— Paloma!?

Pedro arrancou o jornal das mãos da namorada. Marcele aproximou-se, sobressaltada. Paloma inutilmente tentou impedir que a amiga chegasse junto àquelas páginas.

Quase ao mesmo tempo que Pedro, Marcele leu a horrível notícia. Paloma susteve a respiração.

Marcele perdeu as forças e apenas não caiu porque Pedro a segurou.

3

Sequestro

Abraçada à amiga, Marcele chorava, repetindo o nome do namorado constantemente. Com afagos, Paloma empenhava-se para consolá-la.

– Renato! – berrou a jovem entre soluços. – Renato... Renato...

Calado, Pedro apenas observava de um canto da sala. Estranhara saber da notícia daquela forma: pela manchete de um jornal impresso.

A mãe de Paloma entrou na sala rapidamente com uma xícara de chá. Sentou-se na beirada do sofá ao lado da melhor amiga da filha.

– Meu amor, beba – ela disse. – Sua mãe já está chegando. Mas você precisa se acalmar um pouco. Está muito nervosa.

Marcele não falou absolutamente nada. Esforçou-se para pegar a xícara e, após assoprar um pouco, ingeriu dois bons goles.

Paloma cedeu a amiga para a mãe abraçá-la. Aproveitou para falar com Pedro. Ao levantar, a jovem pegou o jornal jogado no chão e aproximou-se do namorado.

O olhar do rapaz continuava perdido em algum ponto da casa. Ela releu pela enésima vez a notícia.

> *Sequestrado, na noite do último sábado (12), o filho do diretor da* Folha de Urbana, *Renato Fernandes. A família do rapaz não quer falar sobre o caso.*

E observou, do lado esquerdo da página, uma foto do amigo.

Ao erguer a cabeça, encontrou os olhos de Pedro.

– Não posso acreditar nesta notícia...

– Ele é um dos rapazes mais ricos da cidade – falou o namorado.

– Mesmo assim...

O celular de Paloma vibrou na mesa do telefone. Pegando o aparelho, a jovem leu no visor:

– Takashi.

– Atende – falou o namorado.

– Alô?

– Alô? Paloma?

– Oi, Takashi – confirmou com voz baixa.

– Ah... Você já está sabendo do que aconteceu?

– Infelizmente, estou...

– Ah... As aulas de hoje foram canceladas. Estou avisando para toda a turma. Liguei para a casa do Pedro também, mas me falaram que ele estava com você.

– Exato – só conseguiu exprimir.

– Ah... – fez o colega de sala do outro lado da linha. – Acho que era somente isso mesmo.

– Obrigada por avisar, Takashi.

– Por nada. Abraço.

– Beijo – e Paloma desligou.

Pedro não gostava que a namorada mandasse "beijo" para os amigos do colégio, mas essa não era uma boa hora para ficar com ciúmes.

– O que o Takashi queria? – quis saber.

– Comunicar que as aulas de hoje foram canceladas.

– Hum... Mas, mesmo que não fossem, eu não iria – Pedro explicou. – Vou passar em casa para um banho rápido e seguir para o apartamento de Renato. Não entendo por que os pais dele não me disseram nada.

– Vou passar esta manhã na casa da Marcele. Ela está precisando de um ombro amigo.

Pedro concordou com a cabeça e ambos lançaram um olhar para a amiga que soluçava nos braços da mãe de Paloma.

4

O bom e velho tabuleiro de damas

Da calçada, Pedro observava o apartamento do amigo no oitavo andar do edifício. As janelas estavam fechadas como todas do prédio. O rapaz respirou fundo e seguiu para a entrada.

Ao passar pelo porteiro, cumprimentou apenas com um breve e ligeiro bom-dia, a fim de evitar conversa.

Andou para o elevador, apertou um dos botões e aguardou. Após alguns segundos, a porta abriu-se automaticamente e ele entrou. Começou a pensar sobre a sua amizade com Renato, que garantia acesso livre ao prédio.

Eram amigos desde a infância. Conheceram-se no colégio. Brincavam juntos, brigavam e falavam sobre as meninas que despertavam as emoções. Assim, foram crescendo e passando de série em série. Pedro, direto sempre. E Renato, arrastado em alguma disciplina, corria para pegar o caderno do amigo emprestado.

Também recordou que o pai e a mãe de Renato não paravam de trabalhar. O casal parecia não dar a menor atenção ao filho. No apartamento, o rapaz passava a maior parte do tempo no quarto. Ou assistindo à televisão ou jogando no computador.

Ao chegar ao andar do apartamento do amigo, Pedro caminhou apressado pelo corredor e apertou a campainha.

Quem apareceu para atender foi a mãe de Renato. Estava despenteada e com fartas olheiras. Teve a impressão de que ela se desanimara um pouco ao vê-lo.

– Pedro... – ela suspirou. – Entre, meu filho.

Escutar aquele "meu filho" pareceu estranho ao rapaz. Mas teria sido algo extremamente comum noutra situação.

– Pensei que fosse o Renato... – ela disse, começando, ou voltando, a chorar. Sentou-se no sofá e segurou firmemente o aparelho de telefone nas mãos.

Pedro lançou um olhar rápido pelo apartamento. Em seguida, perguntou, sem saber ao certo como iniciar a conversa:

– Como a senhora está?

– Péssima, Pedro – ela respondeu, balançando a cabeça em negativa. – Não consigo fazer absolutamente mais nada. Nem comer e muito menos dormir.

O rapaz queria perguntar por que ninguém avisara sobre o sequestro do amigo, mas preferiu esperar um pouco.

– Alguma novidade?

— O sequestrador disse o valor do resgate ontem. Em breve, deve retornar para falar o local da entrega. Mas o que ele pediu é impossível! — angustiou-se.

As palavras fugiam da cabeça de Pedro.

— Onde está o pai de Renato?

— Faz pouco tempo que seguiu para a redação. Mas tenho medo do que possa acontecer lá. O raptor advertiu que, se a gente colaborasse, o sequestro acabaria logo, no entanto não queria a imprensa nem a polícia no meio da história. Porém, o Breno decidiu divulgar o sequestro no jornal sem o nosso consentimento! Nós pedimos para ele não publicar nada! E agora toda a cidade está sabendo! Não quero nem pensar no que pode acontecer... — o relato era marcado por sungados inúteis. — Perdoe-nos, Pedro — ela pediu, para surpresa do rapaz. — Não falamos nada para você por causa das ameaças do sequestrador...

Breno era o vice-diretor da *Folha de Urbana* e, pelo pouco que Pedro sabia, fora ele e o pai do amigo que fundaram o jornal. Realmente, o clima no apartamento não estava nada bom. Não queria atormentar mais a mãe do amigo, no entanto questionou:

— Quando a senhora ficou sabendo do sequestro?

— Houve uma discussão no sábado e o Renato resolveu sair. Quando amanheceu e acordamos, percebemos que ele não tinha voltado. Aguardamos um pouco pensando que ele poderia estar com a Marcele ou com você.

Quando decidimos ligar para um de vocês dois, o sequestrador telefonou primeiro e arruinou nossas esperanças. Apenas escutamos a voz do Renato que falou por um segundo para confirmar que era ele mesmo, acrescentando que estava sendo bem tratado e pedindo o pagamento do resgate – e voltou a soluçar com dor.

Pedro andou pelo apartamento perdido em seus pensamentos. Agora sabia de mais ou menos tudo o que tinha acontecido. Reparou que a porta do quarto de Renato estava aberta. Empurrou-a para abrir, mas hesitou.

– Posso?

– Ahn? – fez a mãe do amigo sem entender. – Sim, sim – respondeu e voltou os olhos para o telefone que segurava.

O rapaz sentiu um aperto no peito ao entrar no cômodo. Onde estará Renato? Ao olhar ao redor, um objeto despertou sua curiosidade.

Era um velho tabuleiro de damas, o primeiro presente que Pedro dera a Renato, quando crianças. Ainda jogavam nele, apesar de o computador apresentar uma versão *on-line* do jogo.

Pedro sentou-se na cama, segurando o tabuleiro. Inteiro, somente com a madeira envelhecida pelo tempo e um pouco suja. O rapaz abriu e começou a contar as peças. Nas partidas, eles sempre escolhiam a mesma cor. Pedro observou que estava faltando uma peça de cada.

5
Observações na redação

Mal acabou de sair do apartamento do amigo, Pedro tomou um ônibus e seguiu para a redação da *Folha de Urbana*. Queria falar com o pai de Renato. Contudo, ainda não imaginava como iria conseguir entrar lá.

Às dez horas, Pedro caminhava rapidamente pelo centro da cidade de Urbana em meio aos arranha-céus. O trânsito estava bastante engarrafado. Ao atravessar a faixa de pedestres, os raios solares refletidos pelos para-brisas dos carros incomodaram a visão do rapaz.

– Ah... como esperava... – falou Pedro, ao ver a balbúrdia instalada ao redor da redação.

Um aglomerado de jornalistas, fotógrafos e câmeras amontoavam-se na busca de notícias relacionadas ao sequestro de Renato. Os carros das equipes de reportagem estavam estacionados na rua.

Pedro aproximou-se da recepção. Ao entrar, notou que o ar-condicionado trabalhava inutilmente, já que a porta estava aberta.

– Infelizmente, não podemos repassar nenhuma informação e muito menos permitir a entrada de vocês – a recepcionista, bastante rouca, respondia para um jornalista e um fotógrafo de outro periódico. – E não adianta os senhores insistirem.

De repente, escutou:

– Pedro?

– Alex! – exclamou, ao se voltar e reconhecer o primo. – Sumiu, hein?

– Pense na correria, Pedro! De manhã, estou na universidade e, de tarde, fico preso na redação. Aproveitei que larguei mais cedo hoje para adiantar uma matéria especial – justificou.

– Você trabalha aqui?

– Estou estagiando no caderno de Esportes. Se depender da minha vontade, não largo mais. Agora, faz tempo que a gente não se fala mesmo, hein? E você, vai fazer vestibular este ano?

– Vou, mas não sei o curso ainda... Mas Paloma já escolheu. Fará Jornalismo.

– Que legal! Se ela quiser tirar alguma dúvida sobre o curso, pode pedir para falar comigo.

– Pode deixar – ele agradeceu.

– E o que você está fazendo aqui? – perguntou Alex.

– Quero falar com o pai de Renato.

– Você é amigo do rapaz sequestrado, né? – recordou o primo. – Acredita que ninguém sabia de nada?

Nem entendi como uma notícia dessas foi impressa antes de cair na internet. Mas vem comigo. Acho que consigo colocar você para dentro. Porém, como pode ver, está a maior confusão aqui.

Agora, os primos estavam no terceiro andar. Alex pediu um segundo para Pedro, porque precisava falar com o editor do caderno de Esportes. O rapaz aproveitou para explorar o ambiente.

As mesas eram bastante bagunçadas, com agendas, livros e papéis espalhados. Cada seção do jornal era sinalizada por uma placa enorme presa à parede. Ao aproximar-se do espaço destinado ao caderno Cidade, que ficava no mesmo andar do caderno de Esportes, Pedro percebeu que os jornalistas não trabalhavam, apesar de sentados em frente aos computadores. Parados, escutavam os brados vindos da sala do diretor que saíam pela porta aberta.

A princípio, o rapaz não conseguiu entender direito o que estavam discutindo, no entanto as vozes começaram a chegar claras, ficando completamente audíveis.

– Imprestável! Se eu pudesse, acabava com você! Seu cachorro sarnento! – ouviu a voz do pai de Renato.

– Pense mil vezes antes de me insultar!

Repentinamente, o diretor saiu da sala com o rosto afogueado e as veias saltando do pescoço.

– Volte aqui, Fernandes! – alguém de dentro da sala berrou.

Ele estancou, retirando os óculos e respirando tenso.

– Só eu posso adquirir a sua parte no jornal para que você possa pagar o resgate do seu filho! – gritou o vice-diretor, aparecendo na porta.

Fernandes quebrou a armação dos óculos na mão. E Pedro percebeu o sangue surgir.

6

A faxineira

Preocupado com o amigo sequestrado, Pedro decidiu não caminhar naquela manhã de terça-feira. Mesmo assim, acabou acordando cedo. Passara boa parte da noite revirando na cama, pensando em tudo o que estava acontecendo. Conseguiu falar com Fernandes quando ele saía da redação, porém não obteve nada de novo. A mãe de Renato já contara tudo.

Ao chegar ao colégio, cumprimentou o porteiro, que não respondeu. O rapaz atravessou a recepção, caminhou pelo corredor e entrou na sala de aula. Ninguém, como imaginava.

Reparou que o chão ainda estava sujo. Estranhou, já que não houvera aula no dia anterior. Contudo, num instante, a faxineira apareceu alvoroçada à porta.

— Bom dia! — ela exclamou.

— Bom dia — o rapaz respondeu.

— Por causa da notícia do sequestro, ninguém trabalhou ontem aqui. Esse lixo é de sexta-feira — confessou, enquanto retirava caixinhas de sucos, embalagens de salgadinhos e latas de refrigerante da parte debaixo das cadeiras. – E quase que eu perdia a hora... – acrescentou. – Não consegui dormir de noite. Toda essa história do sequestro do rapaz me deixou nervosa. Alguma novidade?

– Ainda não... – Pedro reparou que ela, apesar da queixa acerca da noite maldormida, trabalhava freneticamente como se estivesse bastante disposta.

– Urbana está ficando cada dia mais violenta. Assaltos, brigas, sequestros... Esta cidade não era assim alguns anos atrás.

– É... – fez Pedro. – Os jornais noticiam muitos problemas...

– Mas não é só no jornal, não! – ela interrompeu. – Andando na rua mesmo a gente fica sabendo de cada história. E eu assisto a todos os jornais da TV quando posso. Aí, pronto! Fico aflita com o meu marido quando ele não está em casa. Se o meu filho e o meu enteado saem, fico preocupada também... Meu enteado também é meu filho. Afinal, sou eu quem cuido, né?

Pedro teve vontade de sorrir com o comentário sobre o enteado, no entanto não conseguiu. Estava com a cabeça a mil.

– Também tem o problema das drogas. Aí, fico tremendamente preocupada com os garotos – ela parou de varrer e apoiou-se na vassoura. – Você bebe ou fuma? – questionou, meio que de repente e sem jeito.

– Não... – Pedro respondeu.

– Ainda bem! – ao escutar a resposta negativa, ela pareceu mais aliviada e voltou a varrer com agilidade. – Os meus filhos também não. Mas fico muito receosa, sabe?

Nesse segundo, adentraram na sala três colegas da turma de Pedro, conversando alto. Eles mal colocaram as mochilas nas cadeiras e duas meninas entraram, abraçadas aos seus fichários cheios de adesivos e chaveiros.

O rapaz reparou que a faxineira apanhou o lixo rapidamente, colocando tudo num saco plástico preto, e, antes de sair, acenou para ele.

Mal a mulher da faxina passou pela porta, Paloma entrou na sala com pressa. Pedro, ao ver a namorada, foi em sua direção.

7

Cogitando

– Perder a parte no jornal que fundou?! – Paloma perguntou baixinho, espantada.

Ela e Pedro caminhavam de mãos dadas pelo corredor do colégio.

– Há-há... Agora, com a notícia do sequestro espalhada por toda a parte, a situação pode se complicar – comentou o rapaz em seguida. – O sequestrador ainda não ligou para falar o dia e o local da entrega. Telefonei para os pais do Renato logo cedo e nada de novo.

– Ai... – gemeu Paloma, pensativa. – Pedro...

– O que foi?

– Acabou de passar uma ideia horrorosa pela minha cabeça... – acresceu.

– O quê?

– Será que tudo isso não passa de um golpe? – cogitou.

– Golpe?!

– Li ontem num *site* que esgotaram os exemplares da *Folha de Urbana*. A aquisição de jornais praticamente triplicou! Toda a cidade queria saber sobre o sequestro de Renato. A *Folha* está passando por um momento péssimo, com tiragens baixas. Um crime assim desperta todos os olhares. E eles estão na *Folha de Urbana*.

— Essa é uma ideia absurda e injusta, Paloma! — reclamou Pedro, agitado. — Tenho absoluta certeza de que Fernandes não armaria algo sujo desse jeito, principalmente envolvendo o Renato. E você também conhece o pai do nosso amigo!

— Mas não estou falando do Fernandes! — ela retrucou.

— Como assim?

— Pode ser um golpe de um empregado, um sócio, por exemplo... Sei lá! Pelo que você falou, o Breno provou não ter nenhum escrúpulo. Desrespeitou a família do amigo de trabalho, colocando a notícia na primeira página e, sobretudo, pondo em risco a vida de Renato. Sem falar que também já se ofereceu para comprar a parte do jornal, como você ficou sabendo na redação, e, se bobear, ele nem tentou ajudar o pai do nosso amigo a encontrar outra solução para o problema.

— Você quer dizer que o Breno seria o responsável pelo crime? — questionou Pedro.

— Pode ser. Todos são suspeitos. Até o Takashi — Paloma afirmou, apontando, com o queixo, o rapaz encostado na entrada da sala.

— Paloma, o que é que o Takashi tem a ver com isso?!

8

O melhor amigo dos professores

—Sei lá... – ela balançou os ombros. – Acho estranho o comportamento dele com os professores...

– Lá vem você de novo com essa história que Takashi é interesseiro! – reclamou Pedro, olhando para o amigo na entrada da sala.

– Mas o menino é esquisito, Pedro! – Paloma procurou justificar. – Faz amizade mais facilmente com os professores do que com os colegas da turma. Agora mesmo está ali sozinho e sem ninguém para conversar. Se algum professor tivesse chegado, ele não estaria calado. Fora que é solicitadíssimo quando qualquer um deles precisa de um favorzinho.

– Qual o problema...

– E não sou só eu que acho isso, não – Paloma interrompeu o namorado. – Tem mais: e aquele lance do pontinho que ele ganhou do professor Alencar e que ninguém entendeu de onde veio?

— Também ninguém chega junto dele para perguntar – defendeu Pedro. – Foi da pesquisa da primeira semana de aula que quase ninguém fez.

— Mesmo assim...

Pedro abraçou a namorada. Beijou-a.

— Esquece o Takashi – falou o rapaz. – Vem! Vamos entrar – falou, ao olhar para o lado e ver o professor Alencar chegando.

— Que agarramento todo é esse, hein? – brincou Alencar. – Vocês sabem que é proibido namorar no colégio...

— Tio! – reclamou Paloma, meigamente. – Somos apenas bons amigos – esclareceu, mentindo.

— E eu sou professor de Matemática – gracejou.

— Ih, Pedro – Paloma fingiu se espantar. – Sala errada. A primeira aula de hoje é de Português e não de Matemática.

— Engraçada, você – o professor sorriu. – Entrem logo que hoje eu vou falar sobre romances policiais.

9

Suspeitos

Pedro relia as anotações da manhã com a cabeça longe. Bagunçava o sequestro do amigo com os romances policiais mencionados pelo professor Alencar. O telefone chamou, despertando-o de seus pensamentos. Correu para atender. Estava sozinho.

– Alô, Pedro?
– Sou eu.
– É o Alex.
– E aí, rapaz? Como estão as coisas na redação?
– Mais ou menos... Está rolando um comentário de que a polícia quer se meter nas negociações, mas o Fernandes não quer consentir de jeito nenhum. Liguei para avisar. Imagino que você esteja louco por notícias.
– É... Estou sabendo do que você falou. Foram novas ameaças do sequestrador. Não faz muito tempo que liguei para o pai de Renato. Querem a polícia fora do caso.

— Pelo jeito você está mais bem informado do que eu — brincou o primo. — Já disseram o dia do pagamento do resgate?

— Acredito que não... — Pedro lembrou-se das ideias de Paloma. — Mas Alex...

— O que foi?

— O que você acha de tudo isso, hein? Você está na redação há algum tempo... Será que alguém lá teria algum interesse em sequestrar o filho do diretor do jornal?

— Rapaz... É uma correria diária naquela redação. Fazer reportagens na rua, escrever as matérias, revisar tudo, ajeitando de acordo com o tamanho que as publicidades do dia permitem. A gente acaba entrando num círculo vicioso e raramente paramos para pensar realmente no que acontece ao nosso redor. Mas você falou de um jeito que parecia querer nomes de possíveis suspeitos — brincou Alex.

— Quase isso — sorriu Pedro, desanimado.

— Olha, ao que parece, o maior beneficiado será o Breno, que vai ser dono de todo o jornal. Mas, particularmente, não acho que ele teria coragem de prejudicar o Fernandes. Foram colegas de universidade e fundaram juntos a *Folha de Urbana*.

— E os seus colegas de trabalho? Alguém teria motivo para cometer um crime assim?

— Difícil dizer... Acredito na inocência das pessoas até que se prove o contrário. Também não conheço toda a equipe direito. No corre-corre conhecemos bem poucas pessoas. Mas me lembro de três nomes que o povo aqui citou ao comentar o sequestro.

– Quem? – Pedro automaticamente abriu o caderno de anotações ao lado do aparelho telefônico e começou a procurar uma caneta.

– Carlos Júnior, jornalista cultural que deu ingressos para o Renato ir ao *show* dos Urbanloucos no sábado passado, dia do sequestro. Só que o próprio Carlos afirma que o garoto falou que não ia, porque a namorada não curtia muito a banda.

– Hum... E quem seriam os outros dois?

– Hoje, para surpresa geral, o editor do caderno de Esportes, Edmundo Foca, disse que poderia comprar a parte de Fernandes no jornal. Todos ficaram surpresos, porque ninguém pensava que ele tinha uma conta bancária tão farta.

– Curioso... E o terceiro suspeito?

– Aliás, uma suspeita. É a apresentadora do *Urbanas Notícias*.

– Sério?! – surpreendeu-se Pedro. – A Sylvia, que largou a *Folha de Urbana* no ano passado?

– Essa mesma. Dizem que se desentendeu sério com Fernandes e, por isso, pediu demissão. Uma briga de que ninguém ficou sabendo ao certo a causa. Porém, quem fala mais no nome dela são as meninas da redação, que contam também que ela já pegou o filho do ex-patrão.

– Ah, eu sei desse lance! Renato ficou com ela numa confraternização de aniversário do jornal. Mas também só foi isso. Logo depois, ele começou a namorar a Marcele.

Pausa na conversa.

– A princípio, são apenas esses três nomes? – recapitulou Pedro.

– Hum-hum – confirmou Alex.

Algumas ideias já estavam sendo formuladas na mente do rapaz, sem que ele conseguisse controlar.

Sozinho

Amontoados pelo quarto, romances policiais pareciam fazer parte da bagunça de Pedro. O rapaz mergulhou de cabeça nas leituras. Selecionou as melhores obras pelo computador, correu para as três bibliotecas onde estava cadastrado e pegou o máximo de livros permitido. Obras de Conan Doyle e Agatha Christie principalmente. Passou a tarde e a noite lendo e, na manhã seguinte, continuou com as leituras, faltando ao colégio.

Repetiu baixinho o número da página, a fim de memorizar. Precisava dar um tempo na leitura. Seus olhos queriam uma pausa.

— Você vem almoçar ou não? — perguntou a mãe, aparecendo na porta do quarto.

— Já vou — respondeu.

— Vai dar três horas da tarde! — reclamou, saindo preocupada com o filho.

Mas Pedro estava bastante angustiado. Com os

pensamentos no sequestro do amigo. Sem vontade nenhuma de comer.

Pensou que lendo romances policiais poderia surgir alguma ideia para ajudar a solucionar o caso. Sentiu vontade de investigar por conta própria quem seria o sequestrador.

Recordou com um sorriso a leitura das aventuras juvenis de autores brasileiros a pedido da professora de Português do Ensino Fundamental, anos atrás. Queria ser como os jovens personagens que solucionavam os crimes naqueles livros.

Talvez ele pudesse ser mais eficiente investigando o sequestro, ainda que fosse bastante arriscado.

Mas uma questão que chamava a atenção do rapaz na leitura era o fato de que os dois detetives mais famosos da literatura eram solteiros.

O celular vibrou. Rapidamente verificou o nome no visor. Era Paloma.

– Pedro, vem cá! – ela pediu antes mesmo que o namorado pudesse falar.

– Num segundo chego. Antes tenho que tomar banho e comer algo.

Levantou-se da cama, deixando o livro sobre a mesa de cabeceira, e murmurou baixinho para si mesmo:

– Ela vai sofrer, porém parece ser o melhor a fazer...

11

Um tempo

– Um, dois, três, quatro, cinco... Ai! Não aguento mais adicionar o pessoal o tempo todo – queixou-se Paloma em frente ao computador.

– Bastante popular, hein? – brincou Pedro, acompanhando as ações da namorada.

– Mas amigos mesmo, nesta rede social, apenas uns dez, no máximo – redarguiu. – Mais da metade aqui é do colégio. Depois, parte é família. Então, sobram as pessoas que encontrei uma ou duas vezes em algum lugar.

Pedro pegou o *mouse* da namorada, clicou na guia seguinte e comentou:

– Só que nesta outra rede social o número de amigos é praticamente igual.

– Que amigos?! – replicou a garota. – São basicamente os mesmos indivíduos! Fora aqueles dez, que se repetem, nem chego a conversar com os outros!

– Então por que tanta gente assim se apenas uma pequena parte das centenas realmente importa?

– Responde você! – ela retrucou, sem saber o que falar. – A quantidade de amigos que temos nas redes sociais é praticamente a mesma.

Seguiu-se um segundo de pausa.

– Quero conversar sério com você, Paloma – Pedro mudou o rumo da conversa.

Ela ergueu-se da cadeira com a fronte franzida.

– Nem foi para o colégio hoje... Você não costuma faltar às quartas... Tem aula de História, de que você gosta...

– Acho melhor a gente dar um tempo – o rapaz falou sem hesitar.

Ela perdeu a respiração por alguns segundos e deixou-se sentar novamente na cadeira giratória.

– Co-mo assim?!

Pedro agarrou firme nos braços da namorada.

– Nada contra você, só estou precisando de um tempo sozinho.

– Mas Pedro... O que houve?

O rapaz não respondeu.

– Eu não entendo... – ela abraçou o namorado com força. – Por quê?

– Talvez seja melhor... – reafirmou o rapaz, afastando-a lentamente.

No entanto, a voz dele quase foi apagada por um trovão. Ele olhou-a carinhosamente por um momento e saiu apressado da sala.

Após permanecer surpresa por alguns segundos, Paloma correu atrás dele. Essa história não podia ficar assim. Quando chegou ao portão, nem sombra do namorado ou, agora, ex-namorado.

Paloma permitiu que lágrimas desabassem pelo seu rosto como as gotas da chuva pela rua.

12

Primeiro suspeito

Pedro estava com a cabeça longe. Dar um tempo no namoro fora uma decisão difícil. Porém, necessária. Queria começar a investigar os suspeitos do sequestro de Renato. E não poderia envolver sua namorada nisso.

Com esses pensamentos, preferiu não ir ao colégio naquela quinta-feira. Não queria encontrar Paloma.

Lera no *site* da *Folha de Urbana* que Carlos Júnior, o jornalista cultural, estaria no lançamento do segundo volume de uma série que tinha se tornado *best-seller* mundial. Iria lá para ver se conseguia achar alguma pista. Carlos era o primeiro suspeito.

Após caminhar embaixo do sol por um tempo, o rapaz sentiu o choque térmico ao atravessar as portas de vidro da Livraria Urbanas.

Andou rapidamente pelas estantes à procura de algum atendente. Para Pedro, eles tinham o dom de sumir quando se precisava de um.

— Boa tarde! Quero uma informação — falou o rapaz ao achar uma jovem junto ao computador.

— Boa tarde — ela respondeu. — Pode perguntar.

— Hoje é o lançamento de um *best-seller*, né?

— É! Aquele ali! — ela apontou com o queixo para um expositor com dezenas de exemplares. — E está acontecendo um debate sobre o livro agora mesmo no auditório do primeiro andar.

— Carlos Júnior chegou?

— Já — ela confirmou. — E faz um bom tempo também.

— Obrigado — agradeceu.

— Já pegou o seu exemplar? — ela inquiriu.

— Ainda não...

— Estamos com um bom desconto para quem tem o cartão da livraria.

— Certo... — agradeceu a informação e pegou um livro. — Assim que eu descer, passo no caixa — mentiu ou quase mentiu, porque não fora para a livraria exatamente adquirir o segundo volume de uma série da qual nem lera o primeiro.

Daqui a pouco resolveria se levaria ou não.

Apressado, subiu a escada de dois em dois degraus e empurrou a porta do auditório. Estava lotado. Procurou um lugar para se sentar, mas não encontrou. Precisou ficar em pé mesmo.

Carlos Júnior apresentava o *best-seller* com um ar de escárnio. Pedro já lera algumas críticas de filmes e de livros desse jornalista cultural e sabia que ele gostava de desdenhar o que não o agradava. Ainda que a plateia toda gargalhasse com os gracejos, Pedro achou que Carlos não era a pessoa certa para aquela situação, porque, embora a maioria talvez não percebesse, ele estava criticando negativamente o título.

"Se brincar, ele nem leu o primeiro volume da série", pensou.

Pacientemente, o rapaz esperou que o debate encerrasse e aproximou-se de Carlos. Queria conversar com ele e constatar até que ponto o jornalista sabia do sequestro de Renato. Talvez, pudesse deixar escapar algo.

— Carlos, será que eu poderia conversar com você rapidinho?

— Pode ser enquanto tomo um café? Já, já tenho que ir para uma reunião e, antes, preciso concluir a matéria sobre esse fabuloso lançamento.

Depois que o jornalista cultural trocou algumas palavras com o fotógrafo, Pedro o seguiu.

— Então? — indagou o jornalista quando se sentaram em uma das mesas do café da livraria. — Acho que conheço você de algum lugar...

— Sou amigo de Renato. Talvez o senhor tenha me visto em algum evento do jornal.

— Pode ser... — limitou-se o jornalista a comentar.

Pedro planejara ir direto ao ponto.

— Renato comentou comigo que ganhou do senhor ingressos para o *show* dos Urbanloucos do sábado passado. Exatamente o dia do sequestr...

— Ele não foi! — negou o jornalista, bruscamente. — Sequer me ligou antes para afirmar mesmo se iria. E Fernandes confirmou que os ingressos continuam ao lado da TV desde o dia em que Renato os ganhou.

— Mas, caso ele fosse, em cima da hora e sem os ingressos, o senhor conseguiria que liberassem a entrada dele?

— Não... — respondeu, confuso. — Com licença, preciso ir. Ninguém da redação está autorizado a falar sobre o caso. E também acabei de lembrar que tenho mais um compromisso urgente.

— Não vai mais tomar seu café? — questionou Pedro quando o jornalista levantou-se apressado.

— Perdi a vontade... — respondeu e saiu.

Não trocaram os cumprimentos de encerramento de um encontro social.

13

Devorando livros

Mas a ex-namorada de Pedro também não fora para o colégio naquele dia. Preferiu ficar em casa chorando e tentando estudar.

O quarto de Paloma estava abarrotado de papéis, apostilas e livros. Na cama ou na mesa de estudos, milhares de linhas cobertas por marca-textos coloridos, traços cinzentos sublinhando algum conteúdo mais relevante e anotações a lápis nas margens das folhas.

Debruçada sobre a leitura de mais uma obra literária obrigatória, a garota se esforçava para se concentrar. Mas não conseguia. Enfiou um marcador de páginas no livro e praticamente o jogou junto dos outros que deveria ler antes do vestibular.

— Estou sem paciência para essas histórias! — berrou com raiva. Em seguida, olhou o exemplar do *best-seller* do momento, que a esperava no criado-mudo. — Queria ler esse meu livro. O segundo volume já está nas livrarias e eu nem li o primeiro ainda. Mas o vestibular precisa vir antes!

Entardecia. Respirou fundo e decidiu revisar um pouco de Química Orgânica. Aqueles hidrocarbonetos se não fossem revistos se embaralhariam na hora da prova.

Apenas conseguiu estudar por mais meia hora. Realmente, naquele dia não conseguiria grandes avanços com as toneladas de conteúdo que tinha de assimilar.

– Afinal, para que uma jornalista precisa disso? Não quero saber de carbonos primários ou terciários – falou, a caminho da sala. Estava na hora do telejornal noturno.

Pensar no namorado que decidira praticamente do nada acabar com o relacionamento a estava deixando maluca.

– Preciso saber do meu Pedro... Não atende o celular nem responde às minhas mensagens... Ele não tem o direito de fazer isso comigo... – sussurrou, sentando-se no sofá e permitindo que as lágrimas voltassem a cair enquanto apertava o controle remoto da televisão.

14

Segundo suspeito

Pedro não precisava entrar na *Folha de Urbana* para investigar o segundo suspeito. Alex comentara a mania do editor do caderno de Esportes de acompanhar todos os treinamentos do Urbanos Futebol Clube pessoalmente. Esperou por quase uma hora, naquela manhã de sexta-feira, em frente à redação, até ver Edmundo Foca saindo do prédio.

— É ele!

Pedro correu para o carro do jornalista.

— O senhor é o editor do caderno de Esportes?

Edmundo levou um susto ao escutar a voz do rapaz enquanto girava a chave do carro.

— O que você quer? — indagou, rude.

— Se-será que eu poderia fazer uma entrevista com o senhor? É para um trabalho do colégio.

Pedro decidira mudar de tática. Durante a noite, percebeu que se expusera para o jornalista cultural ao se apresentar como amigo de Renato. Seria mais seguro investigar por meio de uma desculpa inocente.

– Agora não posso. Estou atrasado para o treino do Urbanos. Posso responder por *e-mail*?

– É que eu preciso do registro em áudio... – buscou justificar. – E se eu fizesse as perguntas após o treino? Pode ser no estádio mesmo.

Edmundo hesitou antes de responder:

– Tá. Me procura lá que a gente conversa.

Pedro não sentiu confiança naquelas palavras. Parecia mais um jeito qualquer que o editor do caderno esportivo encontrou de se livrar dele. Mesmo assim, era melhor que nada.

Edmundo Foca arrancou com o carro, deixando marcas de pneus na rua.

Pedro olhou para a parada de ônibus em frente a um restaurante próximo da redação. Correu para pegar o coletivo que parava exatamente naquele momento. Precisava chegar logo ao estádio.

***

Minutos depois, da arquibancada, Pedro procurava pelo editor de esportes. Demorou um bocado para encontrar Edmundo. Ele estava na lateral do campo, conversando com o técnico, enquanto os jogadores faziam o aquecimento.

Pedro teve que esperar por mais de uma hora até que o editor aparecesse na arquibancada. Pelo jeito, um detetive precisava de muita paciência. Mas Pedro conseguiu a entrevista. Curiosamente, o próprio Edmundo procurou o rapaz, apesar de parecer um tanto incomodado com aquele contratempo.

– Quando o senhor começou a trabalhar na área de esportes? – o rapaz fez a primeira pergunta.

– Desde que me entendo por gente. Ou melhor, desde que comecei a estagiar. Foi o primeiro caderno que peguei e não larguei mais.

Pedro reparou na coincidência com a história de Alex.

– Há quanto tempo? Pode precisar?

– Não faço a menor ideia. Já perdi completamente as contas. Tenho que parar para contar... Mas faça você mesmo! Comecei a trabalhar com 22 e hoje estou com 53...

– Pensou alguma vez em mudar de área?

– Não – pausa. – Nunca – acrescentou de forma a não deixar a resposta tão curta.

– Qual a matéria mais marcante que o senhor fez?

– A primeira. Nem foi aqui em Urbana muito menos pela *Folha*, que é tremendamente recente. Me marcou pelo meu nervosismo, pela minha falta de experiência e pelo susto do carro de reportagem quebrar quase comprometendo meu primeiro trabalho que, ainda por cima, era fora da redação. Quando todos ficaram sabendo, brincaram que era coisa de estagiário, de foca. Alguns passaram a me chamar de Edmundo Foca. Pegou.

— Ah, o seu sobrenome não é Foca?

— Você já ouviu alguém com um sobrenome desses? Segundos calados.

— Mas gosta? — Com certeza, Paloma questionaria com melhores perguntas o entrevistado.

— Do sobrenome ou da profissão?

— Do sobrenome...

— Acabei gostando... É a minha cara. Sempre que acordo penso que posso recomeçar. Fazer algo novo no caderno de Esportes. Alguns estagiários meus falam que sou um exemplo, uma filosofia de vida, mas acho que é pura bajulação deles. É um jeito. O meu jeito e ponto. Infelizmente, essa maneira nem sempre é aceita pelos donos do jornal.

O sorriso no rosto de Edmundo respondendo a essa pergunta alegrou Pedro. Sinal de que estava acertando um pouco. Então, decidiu seguir logo para a questão que o levara ali.

— Internamente, uma notícia de uma área diferente pode influenciar na rotina do caderno de Esportes?

— Como assim?! — Edmundo indagou, enrugando o mais que pôde a testa.

— É... Por exemplo, o sequestro do filho do diretor do jornal?

Se a testa de Edmundo Foca pudesse ficar ainda mais enrugada, ficaria.

— Não entendi direito a pergunta. Prefiro não responder. Pode passar para a seguinte?

— Claro, claro... Bem... É verdade que o senhor vai ser o novo sócio da *Folha de Urbana*? O que essa mudança significa na sua carreira?

— Não quero falar sobre esse assunto... Mas como você soube?

— Ah, escutei um comentário no restaurante, perto da redação.

Edmundo pareceu pensar por um momento sobre a questão, porém não falou absolutamente nada.

Uma pausa instalou-se na entrevista.

— Acabou o questionário? Tenho que ir. E acho que com essas respostas sua nota já será boa.

— Obrigado — agradeceu Pedro. — E boa tarde — só conseguiu acrescentar.

Sentado na arquibancada ao lado de alguns torcedores do Urbanos Futebol Clube e observando o céu nublado sobre o estádio, Pedro percebia que suas investigações não estavam caminhando.

15

Vestibular para Sherlock ou Poirot?

Depois do almoço, ainda naquela sexta-feira, Pedro esforçou-se ao máximo para concentrar-se nos estudos e esquecer todos os problemas. Mas o sequestro de Renato e o repentino rompimento com Paloma agitavam sua cabeça.

No quarto, contudo, o garoto sentia-se perdido diante dos conteúdos. As anotações sobre os movimentos literários pareciam não combinar com as páginas de cálculos e nem estes com os nomes das várias células e órgãos do corpo humano. Um emaranhado de informações que se acumulavam ou fingiam se acumular no cérebro do rapaz sem que ele pudesse ao menos assimilar um décimo da matéria.

— E eu nem sei o que vou fazer ainda! Por que escolher é tão difícil? – se perguntava.

Mirou a pilha de livros no criado-mudo. Todos eram romances policiais que ele andava devorando, buscando compreender o que aconteceu com o amigo ou como o tirar dessa. No entanto, tudo ficava cada vez mais confuso.

E as suas investigações não haviam se mostrado muito proveitosas. Tanto o jornalista da área de cultura quanto o editor de esportes continuavam sendo suspeitos e na mesma proporção. Nenhuma pista que pudesse incriminar mais um do que outro. Pedro continuava sem saber nas mãos de quem poderia estar o amigo.

A jovem apresentadora do *Urbana Notícias* e terceira suspeita ainda precisava ser investigada. Pedro já a vira inúmeras vezes no *shopping*. Porém, pensava que ela dificilmente seria a sequestradora.

Ao folhear os primeiros títulos do "prédio" de livros ao lado da cama, questionou para si mesmo se conseguiria passar num vestibular para Sherlock ou Poirot. E sorriu triste ao concluir que para esse também não serviria.

16

Colegas

Mais uma vez, sem ler o jornal do dia, Paloma chegou ao colégio bem devagar. Escutou o sinal tocando na esquina, mas não acelerou o passo. O professor Alencar já estava na sala quando entrou.

Ela se sentou ao fundo pela primeira vez no ano. Reparou que Pedro também não chegara. Soou o segundo toque. Ela achava que ele entraria no segundo tempo.

O professor Alencar começou a enumerar no quadro as características dos textos dissertativos, colocando o que deveria e o que não deveria ser escrito numa redação. Sexta era dia de Redação. A garota sentiu saudades das aulas do Ensino Fundamental quando tinha mais liberdade para escrever.

Paloma notou os acenos de Bárbara, uma das suas colegas de turma. Ela movia os lábios perguntando o motivo pela cara tão triste. Paloma respondeu que no intervalo explicava. Embora a sua melhor amiga fosse Marcele, que não estava frequentando as aulas, a jovem gostou de encontrar alguém para conversar.

Enquanto a aula decorria sem despertar o menor interesse de Paloma, ela olhou pela janela de vidro para a sala ao lado e viu Rubem. O rapaz estava no pré-vestibular. Não fora aprovado na seleção do ano anterior. Cismada, Paloma havia decidido que, caso não passasse também, estudaria noutro colégio. Achava que sentiria vergonha ao ver todo mundo olhando para ela e comentando que não tinha sido aprovada. Era assim que acreditava que todos observavam Rubem.

"Corajoso...", pensou consigo. "E esta aula não acaba não?", questionou ainda para si mesma, brava.

Depois, Paloma fez um exame minucioso da própria sala. Sem Marcele, sem Pedro, sem Renato...

"Bárbara fora gentil, mas Takashi não era exatamente um amigo... Existe diferença entre amigo e colega?"

– Será que agora Pedro vai querer ser apenas meu colega? – murmurou baixinho, com um sorriso triste.

***

No intervalo, na interminável fila da cantina, Paloma esperava paciente pela sua vez quando foi interpelada por Bárbara:

– Por que você está cabisbaixa?

– Muita gente confunde amizade com falta de educação – reclamou Paloma desatenta à pergunta da colega.

— Ahn? — estranhou.

— Desculpa... — pediu. — Estava pensando alto. Fico com raiva quando o pessoal fura a fila com a ajuda dos outros. Toda vez é esse problema! Aí, não dá tempo para lanchar direito!

— Ah, tá... — fez Bárbara, parecendo um tanto perdida. — Esse lance do sequestro assustou todo mundo. Você está preocupada com Renato, né?

— Também... — respondeu vagamente.

O ânimo de Paloma não estava ajudando a conversa a caminhar.

— Sabe por que o Pedro não veio hoje? — questionou Bárbara, inocente.

— Meu namoro acabou! — raiva e lágrimas emergiram nos olhos da garota num segundo.

17

Terceiro suspeito

Pedro sorriu para a apresentadora do telejornal, mesmo sabendo que ela não poderia responder. Sylvia acabara de fazer uma pequena confusão com a notícia, mas logo corrigiu. Ele conseguiria encontrá-la pessoalmente no dia seguinte?

Esperançoso, agora aguardava a jornalista no *Shopping Urbana*. Todo sábado que ia lá, acabava sem querer esbarrando com ela. Mas não se falavam. Quem sabe ele poderia vê-la de novo.

— Será que ela virá hoje? — indagava-se, observando continuamente as pessoas que chegavam pela escada rolante.

Pedro estava disposto a passar o dia inteiro, se fosse preciso, procurando. Uma busca incerta, mas necessária.

Após algum tempo, decidiu dar voltas pelos corredores. Afinal, aquela não era a única passagem do *shopping*. Mas não obteve nenhum avanço.

Pouco depois do meio-dia, resolveu procurar a jornalista na praça de alimentação. Também precisava dar uma trégua para comer. Mesmo assim, seguia com os olhos atentos enquanto almoçava.

***

No outro lado da praça, uma jovem acabava de se sentar à mesa com o noivo.

Duas garotas também chegavam naquela confusão de mesas.

– Ainda bem que você aceitou vir comigo para eu pagar essas contas. É muito chato pegar fila em banco sozinha – disse Bárbara. – Muito obrigada!

– Por nada. Mas me desculpa por eu estar um pouco distante. Imagino que não estou sendo uma boa companhia – comentou Paloma.

– Não se preocupe. E também você precisava sair um pouco, espairecer...

– É... Talvez você tenha razão. Mas vai comer o quê? Estou sem fome...

– Olha quem está almoçando ali! – exclamou Bárbara, ao ver a apresentadora do *Urbanas Notícias*. – É a Sylvia! Você tem que aproveitar e tirar uma foto com ela! – falou, procurando a câmera na bolsa.

– Como assim?! – espantou-se Paloma. – Em primeiro lugar, ela está almoçando. Em segundo, não estou com muita disposição hoje. E, em terceiro, não tenho coragem... E que câmera é essa?!

Bárbara havia retirado da bolsa uma câmera fotográfica profissional.

– Amo tirar fotos! – confessou. – Ela parece ser bastante simpática. Pelo menos, é na TV. Vamos logo! – insistiu, puxando a amiga pelo braço.

– Espera! – ela estancou. – Não vou!

– Vamos! – com força, conseguiu arrastar Paloma para junto da mesa.

Aproximando-se, as garotas levaram um susto ao escutar um pedaço da conversa dos noivos.

– Então, quer dizer que você já ficou com o Renato? Aquele rapaz sequestrado? – perguntou o noivo.

– Faz um tempo – Sylvia respondeu, despreocupada. – E foi numa confraternização da redação. Mas eu achava que ele era um dos novos estagiários e não filho de um dos donos do jornal. Ele não parecia ser tão nov... – interrompeu sua fala ao perceber duas garotas paradas ao lado da mesa ouvindo a conversa.

– Ahhh... – fez Bárbara. – Desculpa interromper, mas a gente poderia tirar uma foto com você, Sylvia? Gostamos muito do seu trabalho!

– Mas é claro! – respondeu a jornalista com um sorriso.

Três fotos. Uma de Paloma com Sylvia. Outra de Sylvia com Bárbara. E outra das duas amigas com Sylvia. Esta foi o noivo da apresentadora quem clicou. E se não fosse um beliscão que Paloma aplicou em Bárbara, ele também sairia numa das fotos.

— Muito obrigada! — agradeceu Paloma, puxando a amiga.

— Obrigada... — também agradeceu Bárbara. — E ela vai fazer vestibular para Jornalismo — acrescentou, apontando para Paloma.

— Sério? Que legal! Quem sabe a gente não trabalha junto algum dia? — falou a jornalista, toda animada.

***

— Sylvia já ficou com o Renato?! — questionou-se Paloma, ao se sentar num dos bancos do corredor principal do segundo piso.

— Não posso acreditar... — comentou Bárbara, esfregando o local do beliscão de Paloma.

— Nem imaginava, mas com certeza o Pedro sabia — concluiu Paloma de cabeça baixa. — Ele é o melhor amigo do Renato.

— E o Renato não ia deixar de se gabar de ter ficado com a Sylvia, né?

Nesse segundo, a cabeça de Paloma voltou a pensar em Pedro. Precisava saber direito o que estava acontecendo. Ele não tomaria uma decisão do nada.

18

Passado e presente se confundem

Segunda-feira com céu nublado de inverno. Entretanto, Pedro não se importava com isso. Queria saber onde estava Renato. Investigar e não conseguir resultados era angustiante demais.

Passou o domingo todo em casa. Precisava rever os seus métodos. Uma semana acabava de passar e nada de o caso ser resolvido. Nem por ele, que se iludia crendo que poderia solucionar a questão, nem pela polícia, que agora estava envolvida. Para completar, na noite anterior o sequestrador ligou, avisando que o tempo que Fernandes tinha para reunir a grana estava acabando.

Pedro aproveitou que estava cedo e decidiu passar na padaria para comer algo. A cantina do colégio nunca abria antes das nove. Os responsáveis nem imaginavam o lucro que perdiam, pois a maioria dos alunos não come absolutamente nada antes de sair de casa. Pediu um pão com queijo e um suco de laranja.

Sentando-se num dos bancos altos do balcão, o rapaz lembrou-se de uma conversa com Renato, naquele mesmo lugar, dias atrás.

— Sabe que em casa está tudo complicado, né? — falou Renato ao amigo, mordendo, em seguida, o sanduíche.

— Acho que você tinha começado a falar algo, mas as gatinhas chegaram e mudaram o rumo da conversa...

— Foi mesmo... Cara, acho que meus pais vão se separar!

— Sério?!

— Estão brigando bastante. Não conseguem mais chegar num acordo juntos. Fora que meu pai está passando o dia e quase a noite toda na redação e minha mãe anda chegando tarde do consultório. Parece que estão fazendo hora extra para não se encarar.

— Puxa, Renato... Mas eles disseram alguma coisa sobre uma possível separação?

— Não. Nada. Mas não precisa. Está visível! Para ser franco, tenho vergonha de entrar no elevador do prédio e encontrar os vizinhos que devem escutar a guerra dos dois em plena madrugada.

— Vocês ainda saem juntos?

— Os três? Eu e meus pais? Estão tão focados no trabalho que esqueceram que têm um filho. Quanto mais sair.

— Você já tentou conversar com eles?
— Se eu conseguisse arranjar qualquer brecha na agenda deles, tentaria. Mas...
— Rapaz, nem sei o que falar...
— Não precisa falar nada não, Pedro. Escutar já ajuda.

Voltaram a comer os sanduíches, permanecendo calados por um bom tempo.

Ao se levantarem para pagar, encontraram alguém conhecido na fila do caixa.

— Quero duas canetas vermelhas — pedira o professor Alencar.
— Ih, professor, relaxa. Pra que isso?
— Para corrigir as provas e as redações de vocês. Afinal, tenho que colocar as notas baixas nas cadernetas.
— Peraí, professor! Não brinca! — dissera Renato, parecendo esquecer as preocupações.

Pedro, lembrando-se de tudo isso, quase esbarrou no professor Alencar ao dirigir-se para o caixa. A cena repetia-se de novo, mas pela metade.

— Duas canetas de novo, professor? — gracejou Pedro, para ver se esquecia também por alguns segundos dos problemas que o afligiam.

Escravos invisíveis

Apesar do bom-dia recebido, o porteiro do colégio, mais uma vez, não respondeu. Permaneceu calado, mudo. Quase sempre o primeiro a chegar, Pedro, dessa vez, expôs sua crítica acerca da educação do porteiro ao professor Alencar, que concordou com o rapaz. Logo na entrada, seguiram por corredores diferentes.

Pedro entrou na sala que estava, de novo, bastante suja. Infringindo as normas do colégio, o rapaz, sentando-se no braço de uma cadeira, balançou a cabeça. Não sabia o que fazer.

– Parece que eu estou no caminho errado...

Mas seus pensamentos não puderam ir adiante, porque foram bruscamente interrompidos pela faxineira, que entrou agitada.

– Bom dia! Me atrasei hoje de novo e as aulas já, já começam – emendou sem dar tempo para o garoto responder. – Tinha que ajudar meu enteado a procurar um livro para a prova com consulta dele.

— Bom dia... — Pedro respondeu com um meio sorriso. — Queria fazer prova com consulta neste bimestre. Estou sem cabeça para estudar.

— Alguma novidade sobre o sequestro do seu amigo? — questionou a faxineira, varrendo freneticamente o chão.

— Nada ainda — respondeu o rapaz. — Tudo na mesma. Quer dizer, agora a polícia está metida no meio... Pretende investigar todas as possibilidades, inclusive, começar a interrogar alunos, professores e funcionários do colégio.

— Interrogar o pessoal do colégio?! — quis confirmar a faxineira, visivelmente preocupada.

Pedro, ao olhar mais detidamente para ela, acabou relacionando sem querer sua pele negra com a função que exercia naquele espaço e recordou uma aula de História de semanas atrás, mais exatamente das palavras da professora sobre a formação da sociedade brasileira, a relação de poder das classes dominantes e a escravidão.

A professora Ana costuma dizer que, embora a escravidão com todas as suas torturas tivesse ficado no passado, ainda é possível ver escravos na sociedade contemporânea. Para explicar, ela fazia uma comparação: a dos escravos alforriados, que não encontravam trabalho e muitas vezes se viam obrigados a trabalhar em troca de comida e pousada, como alguns cidadãos de hoje, e, entre estes, não apenas os negros. Em troca de pouco para sobrevivência e ainda assim longe de ser o suficiente para uma vida decente, muitas pessoas trabalham horas e horas em tarefas árduas e incômodas, fora o tempo que passam em pé em ônibus lotados e apertados. O desgaste físico, ainda que não seja aproximado daquele sofrimento horrível do século XIX, é enorme, prejudicando seriamente a saúde mental e física dos trabalhadores. São os escravos invisíveis.

Pedro relembrou também que a professora exigia dos alunos um protagonismo em relação ao presente. Achava--os parados demais, cada um no seu mundo, sem prestar atenção nos acontecimentos ao seu redor. Ela costumava recordá-los das enormes injustiças provocadas principalmente pelo fenômeno da concentração de renda, quando os recursos financeiros são detidos nas mãos de poucos privilegiados. E incentivava seus alunos a pensar, a ter força de vontade para mudar o mundo.

– Aconteceu alguma coisa? – inquiriu a faxineira ao ver Pedro distraído. – Deixei algum canto sujo? Ah, embaixo daquela cadeira tem lata de refrigerante e embalagem de salgadinho também. Bem que você podia me avisar e não ficar parado, né?

Toma, Pedro! Um novo puxão de orelha.

– Desculpa – o rapaz pediu. – Olha, tem outra embalagem de salgadinho aqui – apontou Pedro. Pegou e colocou no saco que ela trouxera.

– Eu estava brincando! – ela espantou-se. – Não precisa me ajudar, não!

Riram...

Após alguns segundos, a faxineira perguntou:

– Por que, em geral, as pessoas não dizem o que estão pensando?

– Como assim?!

– É que as pessoas ficam assim, viajando, e, quando a gente pergunta o que elas estão pensando, desconversam e quase nunca respondem.

– Não – o rapaz riu. – Isso eu entendi! Queria saber por que você disse isso.

– Porque você estava assim, ué, viajando! – agora foi a vez de a faxineira sorrir. – Mas não é só você. Todo mundo se perde pensando. Às vezes, a gente até fala com a pessoa e ela ou não ouve ou finge que não ouve.

Pedro estranhou toda essa conversa.

20

Voltando

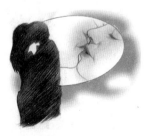

— Acho que a gente precisa conversar – falou Paloma para Pedro, que acabava de pegar um livro na biblioteca.

O rapaz evitara a namorada durante toda a manhã. Entrou na segunda aula, conseguiu escapar para o intervalo antes do toque e só voltou depois de cinco minutos do início da quarta aula. Não ousou sequer lançar um olhar para ela. Mas agora, surpreso, não conseguiu falar nada. Limitou-se a acompanhá-la pelo corredor.

Paloma observou calmamente ao redor. Ninguém. Todas as aulas já haviam acabado.

— Pedro! – ela exclamou. – O que aconteceu? Pensei... Mas não consigo entender por que você acabou o namoro daquela maneira! Ligo para o seu celular e você não atende. Mando mensagem e você não responde. Passo pela sua casa e você nunca está. Por que, Pedro? – indagou, entredentes.

— Não suporto a ideia de que algo poderia acontecer com você...

— Não entendi... – ela franziu o cenho.

— Decidi investigar quem seria o sequestrador de Renato — ele acabou confessando. — Mas sozinho.

— Você enlouqueceu, Pedro?!

— Não! Só não queria ficar parado enquanto nosso amigo corre perigo em algum lugar desta cidade!

Paloma estava incrédula.

— E eu não podia colocar mais uma pessoa em risco neste jogo... — ele explicou.

— Essa pessoa seria eu, Pedro! Eu merecia saber o que você estava planejando!

— Mas não podia colocar você no meio desta história toda! Eu não suportaria saber que algo aconteceu com você!

— Muito menos eu, seu louco! — ela gritou, esforçando-se para segurar as lágrimas.

Permaneceram alguns segundos calados, mirando-se com ternura. Trocavam carinhos apenas com o olhar.

— E você também precisa se concentrar no vestibular — ele falou. — Nem sei ao menos o que vou fazer. Se eu não passar, não será grande coisa.

— Seu futuro não é menos importante que o meu! — ela redarguiu, permitindo que as lágrimas escorressem soltas.

Ele abaixou a cabeça, envergonhado. Ela sorriu meigamente. Então, ergueu a cabeça dele com a mão.

Beijaram-se por um longo tempo.

21

Segundo sequestro

Marcele andava devagar de volta para casa. Os olhos úmidos permitiram que duas lágrimas quentes escorressem por toda a face, salgando-lhe a boca. Ela sungou e esfregou o pulso direito no nariz, enquanto a mão esquerda abraçava o caderno com uma personagem de desenho animado na capa.

Apesar das nuvens, o Sol aquecia um pouco o dia. A chuva dera uma trégua. Pela noite, talvez voltasse a desabar com todo seu furor.

A melhor amiga de Paloma caminhava alheia ao mundo. Seus pensamentos estavam em Renato. Apenas em Renato.

– Renato... – sussurrou, chorando silenciosamente.

Cerrando os olhos, as lágrimas encheram o pequeno espaço livre entre as pálpebras. Marcele sofria por aquele amor sequestrado.

Ela apoiou o braço direito no muro de uma casa.

A cabeça voltada para o chão. Queria se deixar desabar, mas precisava resistir. Por Renato.

Ergueu a cabeça e todo seu corpo tremeu.

O rapaz estava na rua. Não era possível! Exigiram uma grande quantia pelo resgate. Porém, ainda não fora pago... Ou será que àquela altura tudo se solucionara e agora ele estava livre?

– Renato!

Marcele largou o caderno e correu rua acima para abraçar o rapaz. Ele estava encostado no muro e, ao ver a namorada, se desviou. Ela foi direto ao chão.

De quatro, assim como uma criança de gatinhas, as mãos e os joelhos da jovem doíam, esfolados.

"Renato...", balbuciou. "Como você pode fazer uma coisa dessas comigo?"

As lágrimas desceram abundantes pela face. Voltando os olhos na direção do rapaz, sobressaltou-se.

Não. Não era Renato. Não era ninguém.

Marcele queria ser criança de novo, para que um adulto pudesse ajudá-la a se erguer. Tinha 17 anos e precisava aprender a se virar sozinha. Com esforço, conseguiu se levantar cambaleante.

O cabelo bagunçado escondia o rosto que, agora, mal se podia ver. Ela também não queria que ninguém a visse daquela maneira, não queria que ninguém a reconhecesse. Seus pensamentos estavam presos em apenas um nome. E repetindo-o baixinho, desceu a rua sem saber para onde avançava.

***

Entardecia. Mais uma noite chuvosa se aproximava. Logo, as gotas de água voltariam a cair com força.

Marcele continuava caminhando desnorteada pelas ruas de Urbana. As pessoas sequer olhavam para a estranha garota despenteada. Ninguém reconhecia Marcele. Também não escutavam a palavra que seus lábios repetiam sem parar:

– Renato...

A tarde inteira passara assim. E vagaria ainda por um bom tempo se aquela árvore não a tivesse detido. Achou-a familiar.

"Familiar... Árvore familiar... Tronco familiar... Renato familiar... Apartamento familiar... Renato entrará para a família... Vamos viver no apartamento com uma árvore... Um apartamento na árvore...", seus pensamentos se perdiam.

Um vento gelado denunciou que a noite chegava, e os pobres raios solares que ainda iluminavam a pele da garota delicadamente começaram a desaparecer.

– Marcele! – ela ouviu.

Um estremecimento percorreu todo o corpo da jovem. Aquela voz também era familiar. As folhas da árvore farfalharam.

Marcele não se moveu mais um passo. Estava parada. Percebeu, ao olhar para trás, que alguém sorria ao sair de uma estreita ruela.

Lentamente, o conhecido enlaçou os ombros de Marcele com um abraço. Ela abaixou o rosto, envergonhada.

– Não tenha medo, Marcele. Sabe da minha amizade por você...

22

Em busca da amiga perdida

Paloma abriu a porta de casa com um sorriso. Reatar o namoro com Pedro reacendera sua alegria.

Ao entrar na sala, a mãe surgiu e questionou sem nem respirar:

— Paloma, que demora foi essa?! Estava completamente aflita!

— Me desculpa, mãe...

— Faz mais de uma hora que você deveria ter chegado! — reclamou, nervosa. — E para completar nem levar o celular hoje você levou!

— Esqueci... Mas não precisa ficar tão brava...

— A Marcele estava com você? — indagou, ignorando o comentário da filha.

— Não... — ela respondeu, estranhando. — Aconteceu alguma coisa?

— Ela foi para o colégio hoje?

— Não — negou novamente Paloma. — Ontem falou

que estava muito abalada ainda. Acho que não iria voltar às aulas enquanto tudo não estivesse resolvido.

— A mãe da Marcele acabou de telefonar perguntando pela filha. O telefone do colégio passou a manhã inteira ocupado — contou a mãe de Paloma, angustiada.

— Mas ela não estava no colégio...

— Hoje, Marcele saiu para ir às aulas, mas não voltou para casa.

Lágrimas surgiram nos olhos de Paloma. O desespero batia. Um soluço agitou o peito da jovem. A mãe correu para abraçá-la.

— A Marcele não, mãe! A Marcele, não... — as mãos da garota tremiam.

***

Na rua, Paloma esfregou as costas das mãos nos olhos vermelhos. Respirou fundo. Ela precisava organizar seus pensamentos.

"Eu não posso mais chorar. Preciso encontrar a minha amiga. Marcele, onde você está?!"

Após conversar brevemente com o jornaleiro, que balançou a cabeça em negativa, Pedro aproximou-se da namorada.

— Nada... — falou o rapaz antes que ela perguntasse pela enésima vez se ele conseguira alguma novidade.

O casal corria pelas ruas do bairro procurando por Marcele.

— Está anoitecendo. É melhor corrermos – observou o namorado.

— Vamos nos separar – Paloma sugeriu, apertando as mãos para que o tremor parasse. – Poderemos verificar uma área maior. Continuo procurando aqui pelo bairro e você vai para o centro da cidade.

— Nem pensar – ele recusou. – Não vou deixar você sozinha desse jeito. Vem, vamos por aquela rua – em seguida, arrastou a namorada para o sentido apontado.

— Será que ela foi sequestrada também? – indagou Paloma, andando apressadamente ao lado de Pedro.

— Espero que não – respondeu o rapaz, inseguro. – Marcele não é rica como Renato... Porém, posso imaginar um possível motivo para esse sequestro.

23
Um beijo no escuro da noite

Marcele foi jogada porta adentro. Renato, que estava sentado, abraçado aos joelhos, moveu-se ágil. Abraçou fortemente a namorada, caída no meio do cômodo.

Ela levantou os olhos assustados. Ao perceber a presença de Renato, confortando-a, soltou a respiração tensa e sussurrou:

– Renato...

– Marcele!?

Passaram algum tempo assim, juntos. Sem falar nada. Apenas escutando as batidas do coração de cada um, se aquecendo. Tudo em volta fora momentaneamente esquecido.

Encostado à porta, a sombra do sequestrador se projetava ao lado do casal.

– Agora não está mais sozinho, Renato. Marcele fará companhia para você. E pode ficar tranquilo que ela não voltará para casa tão cedo.

– Quero ir embora – falou o rapaz, cerrando os dentes.

— A pressa estraga tudo, meu amigo. Nem recebi o resgate ainda...

Renato quis se levantar para bater no sequestrador. Porém, parecendo adivinhar o pensamento do garoto, ele mostrou a coronha do revólver preso à cintura. O rapaz não pôde fazer nada, a não ser continuar no mesmo lugar.

— Bom menino — comentou o raptor. — É melhor não agir precipitadamente. Siga meus conselhos que não se arrependerá.

O rapaz bradou um palavrão.

— Renato, entenda! — gritou o sequestrador. — Quem decide aqui o que deve ou não ser feito sou eu! E amanhã vocês jantam! — em seguida, fechou a porta com força, fazendo tremer as paredes.

— Minha cabeça está latejando — falou Marcele, alheia a tudo o que acontecera ao seu redor.

— Meu amor... — buscou consolá-la o rapaz.

Ele procurou fazer um carinho no rosto da namorada. Ficou com raiva ao ver alguns arranhões. Para se acalmar, procurou os lábios dela, beijando-os demorada e ternamente.

Do lado de fora da casa, a chuva começava a cair.

***

Chovia vigorosamente.

Marcele não respondeu a nenhuma das perguntas de Renato. Estava calada e olhava apenas para o chão sujo.

O rapaz continuava enlaçando os ombros de Marcele com um abraço. Procurou os lábios dela para mais um beijo. Depois, reparando na comida intocada, pediu:

– Coma alguma coisa, por favor! Pelo menos ele mudou de ideia. Não sabemos como estará o humor dele amanhã.

Ela recusou, afastando a marmita, que parou debaixo de uma goteira.

Permaneceram calados, tempo suficiente para a água que caía transbordar do recipiente prateado.

– Eu seria incapaz de acreditar que um dia seríamos sequestrados – Renato confessou com amargura na voz. – E que ele seria o nosso sequestrador – acrescentou.

Ela, mais uma vez, não respondeu.

24

Mais um sequestro

Era tremendamente estranho se abrir para uma pessoa que acabava de conhecer. Mas os conselhos da psicóloga poderiam ajudar. E Paloma repensava neles, voltando para casa.

Escurecia e um sol vago e meio parado ainda iluminava algumas ruas da cidade.

Paloma achava que estava sendo observada. Provavelmente era imaginação da sua cabeça. Ainda estava assustada com o sequestro de Marcele, que mal completava dois dias.

Surpreendeu-se ao ver, um pouco mais ao longe, alguém conhecido. Sorriu, simpática.

— Você por aqui? — perguntou, ao se aproximar.

— Precisava resolver algumas coisas — explicou, meio nervoso. — E você? Como está?

— Tentando me acalmar, mas está difícil. Saber que os meus amigos estão na mira de um bandido em algum lugar desta cidade é angustiante — fez uma pausa. — Meu consolo é saber que a polícia já está no encalço do sequestrador.

De repente, o conhecido agarrou o braço da jovem, apertando-o.

– Ah! – ela levou um susto com a ação inesperada.

– Calada! E se tentar alguma gracinha, seus amigos vão pagar caro por isso! – rugiu, entredentes.

Uma tonteira bateu na cabeça de Paloma. Ela queria desmaiar, porém precisava se manter ativa. Olhou ao redor, procurando socorro. Percebeu a rua completamente deserta. De repente, jogou o corpo contra o criminoso, que se desequilibrou e caiu no chão, largando-a por um momento. Por pouco, ela também não caiu.

Aproveitando o segundo de oportunidade, Paloma desceu a rua correndo com o coração a mil.

Acabara de descobrir quem era o sequestrador dos amigos.

***

Assustada, arfando pela fuga, Paloma apoiou o braço numa árvore. As raízes saltavam sobre o cimento. Estava na rua do apartamento de Renato. Não sabia como conseguira chegar ali. Nem sinal dos policiais da cidade. E não havia ninguém por perto.

Engano.

– Acho melhor não fazer mais graça. Pode ser pior para você.

A jovem estremeceu, sentiu asco e nojo. Nunca imaginaria que aquela pessoa a poucos metros fosse o sequestrador de Renato e de Marcele.

– Como é que você pôde?! – berrou ainda de costas para ele.

Ao olhar para o lado esquerdo, notou uma ruela tremendamente escura. Entrou nela rapidamente, mas, logo em seguida, tropeçou num paralelepípedo e desabou no chão.

– Menina burra! – xingou o sequestrador. – Imaginava que você era mais inteligente. Acho que não vai passar no vestibular...

Paloma sentiu muita, muita raiva, sobretudo de si mesma.

25
Surpresa na noite

Pedro e Takashi pausaram a corrida. A dupla passou a noite toda correndo pela cidade à procura de Paloma. O namorado da jovem não sentia vontade de chorar. Isso apenas significaria perda de tempo. E o dia já amanhecia.

– Não acredito! – bradou Pedro, lançando um olhar em volta e, mais uma vez, sem encontrar nem sombra de Paloma.

– O que é que a gente vai fazer agora? – indagou Takashi. – Ela só pode ter sido sequestrada também.

– Meninos! – gritou uma voz ao longe.

Surpreenderam-se ao ver a faxineira do colégio acenando para eles.

***

– Ele não pode ser o sequestrador! – quis defender Takashi.

– Agora, para onde ele poderia levar nossos amigos? – indagou Pedro, sem qualquer dúvida.

— Ele mora neste apartamento, a oeste do centro da cidade — disse a faxineira, mostrando o endereço escrito num papel com a letra bastante trêmula. — Mas não creio que levaria seus amigos para lá...

Pedro precisava respirar com calma para pensar melhor no que fazer.

— Ele não imagina que a gente sabe que ele seja o sequestrador — raciocinou. — Será que você tem estômago para encará-lo, Takashi?

— Encará-lo?! Como assim? Seria tremendamente arriscado...

Pedro segurou com força a gola da camisa de Takashi.

— Precisamos de você! São os nossos amigos que estão em jogo!

Após um segundo de hesitação, ele exclamou:

— Não vou desapontar!

26

Eu, o sequestrador?

Marcele continuava abalada. Abraçada ao namorado, não falava. E Renato estava cada vez mais angustiado.

"Não podemos ficar aqui nem mais um segundo. Marcele não bebe nem come nada. Está tremendamente fraca", pensava o rapaz.

Renato pegou o prato de macarrão instantâneo, enrolou alguns fios na ponta do garfo de plástico e tentou convencer a namorada a se alimentar.

— Vamos, Marcele! Você precisa comer! Precisa de energia para que a gente possa fugir!

Porém, Marcele continuava calada e quieta, somente aninhada ao corpo do namorado.

Pelas frestas da janela da casa, Renato percebeu um corpo ágil, passando sob a chuva que amainara.

— Bom dia, Renato e Marcele! Como passaram a noite? Gostaram do meu macarrão instantâneo? — a ironia do sequestrador era nojenta.

— Insano! — bradou o rapaz, furioso.

– Obrigado pelo elogio – agradeceu com falsidade. – Tenho uma novidade para vocês. Arranjei uma amiga.
– Quem? – perguntou Renato, assustado.
– Ela estava estudando muito. Era hora de parar um pouco essa rotina desgastante de se preparar para o vestibular.
– Paloma!? – estremeceu o rapaz. – O que você fez com ela?

O raptor deu uma estrondosa gargalhada e não respondeu.

– Vamos! Fale! – inquiriu Renato, nervoso.

Ele balançou a cabeça em negativa.

– Nem adianta insistir...
– Onde está Paloma? Vamos! Fale!

O sequestrador sorriu zombeteiro e mais uma vez não respondeu.

Renato não aguentou e, juntando toda a raiva guardada durante o tempo de cativeiro, ergueu-se veloz para desferir um golpe certeiro no rosto do raptor, porém ele levantou rapidamente o revólver e atirou no braço direito do rapaz, sem o menor remorso.

– Quer me desafiar? – gritou, fazendo respingos de saliva cair no rosto do casal.

Marcele olhava aterrorizada para o braço ferido do namorado.

– Renato...
– Odeio você, Alencar! – esbravejou o rapaz.
– Eu, o sequestrador? – ironizou. – Mas é claro!

E abandonou os dois sem qualquer expressão contrariada no rosto.

27

Um mapa

Takashi observava da esquina o apartamento de Alencar. Mas ao chegar ali, percebeu que não poderia subir assim, sem mais nem menos. Despertaria logo suspeitas, pois não conhecia o endereço do professor. E ainda não tinha decidido exatamente qual a desculpa que daria para aquela visita logo cedo.

Enquanto isso, os segundos, conferidos de instantes em instantes no visor do celular, passavam devagar. De repente, Alencar apareceu do lado oposto da rua. Estava com sacolas do supermercado da cidade.

Takashi andou na direção dele.

– Professor Alencar! – chamou em voz alta com um sorriso forçado.

O rapaz percebeu que ele se assustou com a sua presença ali, naquela hora.

– Takashi... – pareceu procurar palavras. – Está perdido?

– Não – fingiu sorrir. – Passei a noite na casa da minha madrinha. Ela mora naquele edifício – apontou para um prédio qualquer, mentindo. – Não sabia que o senhor morava por aqui.

Takashi usava as palavras *professor* e *senhor*, mas, por dentro, não sentia mais nenhum respeito por Alencar.

– Faz tanto tempo que moro aqui... Estranho só esbarrar com você agora...

– É que faz pouco tempo que ela se mudou pra cá... – justificou. – E essa onda de sequestros, hein, professor? Todo mundo está começando a ficar apavorado.

– Nem me fale, Takashi. As aulas do colégio estão suspensas e o diretor está desesperado por causa do sumiço desses dois alunos.

"Dois?", estranhou Takashi. "E Paloma?"

– Professor, acho que estou atrapalhando, mas, já que encontrei o senhor por aqui, será que poderia me emprestar alguns dos romances policiais de que falou na aula passada?

Alencar hesitou por um segundo. Porém, concordou.

– Só se for agora. Vamos subir – convidou.

Takashi tremia de nervoso. Tinha medo que também pudesse ser sequestrado. Porém, logo pensou que sua liberdade seria mais vantajosa para Alencar. Seria um álibi perfeito que poderia atrasar as investigações policiais no seu encalço.

Ao entrar no apartamento, Takashi notou a maior desorganização.

– Um minuto que vou colocar essas sacolas na cozinha e já volto.

Num instante sozinho na sala, Takashi vasculhou rapidamente o que pôde do ambiente. Na mesa, perto do computador, viu, em meio a outras folhas, uma com desenhos, parecendo um mapa...

— Takashi, eu tenho uns livros muito bons nessa estante da sala — Alencar voltava.

O rapaz rapidamente pegou um dos livros do sofá e fingiu que folheava.

— Esse aqui foi o da prova do segundo ano do bimestre passado, né? — brincou Takashi, tentando esconder o nervosismo.

— Foi... Mas venha cá ver estes...

E mostrou dois exemplares na estante.

— Mas e aquele que o senhor falou na aula, com um título bem complicado...

— Acho que está no meu quarto. Estava relendo. Pera, que vou procurar.

Assim que Alencar saiu da sala, Takashi correu para a mesa do computador, retirou a folha desenhada, dobrou e guardou dentro do bolso da calça. Em seguida, sentou-se no sofá, abriu um dos livros da mesa de centro e começou a ler, a fim de parar de tremer.

Nem leu nada, porque Alencar logo reapareceu.

— Toma. Pode ficar com ele. Mas esses outros dois você me devolve, certo?

— Ce-certo — respondeu o rapaz prontamente. — Obrigado, professor. Vou indo.

Takashi precisava ir embora logo do apartamento antes que o nervosismo denunciasse seu pequeno furto.

28

A aventura aquece

Arfava, porque estava a poucos metros do cativeiro. Se Takashi estivesse certo, Renato, Paloma e Marcele estariam ali. Pedro procurou pelo amigo na rua deserta. Encontrou-o escondido atrás do tronco de uma árvore na esquina.

— Parece ser aquela a casa — apontou Takashi para o outro lado da rua. — O mapa indica a palavra "cativeiro". Não percebi nenhuma luz ou qualquer som. Me arrisquei jogando uma pedra para verificar se havia algum cachorro, mas nada.

Pedro permaneceu calado apenas raciocinando.

— Vou lá! — avisou.

— Pode ser perigoso — advertiu o amigo. — Com certeza alguém está vigiando escondido.

— Mesmo assim, eu vou investigar.

E o rapaz atravessou a rua sorrateiramente e pulou o pequeno muro em frente.

***

Pedro passou certo tempo abaixado num canto do muro, observando a velha casa que ficava a alguns metros do portão de entrada. Mas nada. Absolutamente nada. Ninguém, nem ruído, nem sinal de qualquer movimentação.

Respirou fundo e correu para a parede lateral. Encostou-se. Tremia inacreditavelmente. Acima da sua cabeça uma janela. Devagar, olhou por entre as frestas.

O coração disparou ao ver o casal de amigos. Estavam sozinhos. Achou estranho. E Paloma? No entanto, o mais esquisito era não encontrar ninguém por perto. Concluiu que estava certo, ao completar a volta na casa para saber se ela estava sendo vigiada.

Mesmo confuso, ousou sussurrar junto à janela onde vira os amigos.

– Renato!

– Pedro! – reconheceu a voz do amigo.

Por um momento, Pedro pensou que levaria um tiro. Porém, nada aconteceu.

– Nos ajude, Pedro! Estamos sozinhos aqui dentro!

– Também não tem nenhum bandido aqui fora.

Renato também achou esquisito, mas não era hora de conversar.

– Precisamos fugir antes que Alencar volte, Pedro! Ele está louco, completamente transtornado.

Apesar de já saber quem era o sequestrador, o rapaz não podia deixar de sentir um mal-estar ao escutar aquele nome.

Renato e Marcele estavam num quarto. A porta da frente da casa estava soldada. A da cozinha, fechada com alguns grossos cadeados. Pedro encontrou uma barra de ferro e, com ela, conseguiu quebrá-los. Estava tudo muito fácil.

Pedro abraçou fortemente Renato, mas levou um susto ao perceber o braço ferido do amigo.

– O que aconteceu?

– Alencar me deu um tiro. Mas pegou de raspão.

– E Paloma? – o coração do rapaz sobressaltava, porque a namorada não estava com eles.

– Ela não está aqui com a gente.

Marcele continuou sentada onde estava. Sem qualquer reação.

– Marcele não reage – falou Renato, ao perceber o olhar do amigo.

Seguiram rapidamente para fora da casa.

Takashi se aproximava do portão. Segurava dois embrulhos, um em cada mão.

– O que é isso, Takashi? – indagou Pedro, nervoso.

– Pedras mensageiras, acredito. Um carro acabou de passar voando pela rua. Jogaram perto do meu esconderijo.

– Ele sabia que vocês estavam aqui?! – surpreendeu-se Renato.

– Mas por que não tentou nada contra a gente? – questionou Pedro.

Nesse segundo, o celular do rapaz vibrou sem qualquer ruído. Estava no modo silencioso. Retirou do bolso da calça e, ao mirar o visor, abriu rapidamente a mensagem de Fernandes.

— Acabaram de pagar o resgate — avisou Pedro.

Em seguida, leram as mensagens trazidas por Takashi.

Pedro, a namorada do detetive paga a conta da curiosidade dele.

Takashi, pensava que você era meu amigo. Me enganei.

— Qual o lugar mais improvável para onde ele levaria Paloma? — quis saber Pedro, angustiado.

— Ou talvez o mais óbvio? — opinou Renato, amparando Marcele que permanecia calada.

— Acho que tenho a resposta no meu bolso... — falou Takashi, retirando uma agenda.

29

Medos e perigos

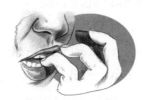

Atravessaram correndo a avenida central. Enquanto Takashi e Marcele foram em direção à delegacia, Pedro e Renato pegaram um táxi e seguiram para uma residência na parte sul da cidade.

– Cara, será que vamos encontrá-lo? – perguntou Renato, inseguro.

Pedro não respondeu.

O taxista parou na esquina da rua solicitada pelos garotos.

– O calçamento nesta ponta da rua está esburacado – justificou. – Não posso seguir em frente por este lado. Tenho que fazer a volta.

– Vai demorar? – perguntou Pedro.

– Acho que...

O rapaz não esperou o taxista concluir. Saltou do veículo, arrastando Renato e jogou no banco dianteiro todas as cédulas que tinha na carteira. Correndo, logo acharam uma casa com o portão do muro aberto e um carro estacionado na frente. Alencar ia saindo, mas ao ver os rapazes entrou novamente, rápido. Pedro e Renato, sem paciência para aguardar o reforço policial, transpuseram a entrada.

– Canalha! Onde você está? – bradou Pedro, entredentes, chutando a porta.

– Apareça! – berrou Renato, não menos furioso.

Exaltados, a raiva explodia. Resgatar Paloma era o mais importante naquele momento.

Porém, tudo estava no mais absoluto silêncio. Vasculharam os cômodos até encontrar um que servia de biblioteca. Ao entrar nele, se surpreenderam.

– Parem aí, seus garotos insolentes!

Alencar estava visivelmente descontrolado e com um revólver em punho. Nem parecia o professor que lecionava para aqueles alunos.

Com as mãos amarradas e o corpo preso pelo abraço de Alencar, Paloma queria reagir, tentar gritar algo. Porém, a tosca mordaça machucava a boca da jovem. Abafado, o esforço era em vão.

– Largue Paloma! – bradou Pedro.

– Alencar, largue ela! – ordenou Renato.

– Agora que está solto quer me dar ordens? – e parou por um segundo. – Cadê o Takashi?

– Não interessa – respondeu Pedro.

– Agora também não importa. Afastem-se! – gritou para deixarem a porta livre. – E se me seguirem, atiro nela! O atrevimento de vocês acaba por aqui!

Os rapazes foram obrigados a se afastar. Rapidamente, o professor passou com Paloma por eles e, em seguida, trancou a porta com a chave.

Arrastando a jovem pelo corredor da casa, Alencar correu para o portão da frente. Ela era o escudo perfeito para a fuga. Com Paloma junto, ninguém poderia tentar nada contra ele. Frágil e sem forças, por tantas horas sem comer nem beber nada, ela não conseguia se livrar das garras do professor.

— Pena que você nunca mais verá seu namoradinho de novo... — falou ironicamente Alencar, ao abrir a porta do carro para jogá-la dentro.

30

Novos beijos

Paloma caiu de mau jeito no banco de trás do carro. Alencar fechou a porta com força. Mas a jovem não pôde nem quis mudar de posição. Encolheu-se toda ao escutar dois tiros.

Apesar de estar com os olhos apertados, chorando, percebeu uma agitação em volta do veículo. Ousou arrancar a mordaça.

Repentinamente, abriram a porta do carro. Paloma deu um grito agudo, de medo. Dois braços agarraram-na com avidez e carinho. Ela sentiu o cheiro de Pedro.

– Pedro! – exclamou, saindo do banco de trás, trêmula.

Lá fora, um abraço caloroso esperava pela jovem. Sem palavras. Mas amoroso, forte e protetor. Pedro e Paloma deixaram-se ficar assim por algum tempo, esquecendo tudo ao redor.

Nem percebiam que, do lado esquerdo, um amigo olhava para eles com afeição. E do lado direito, um

conhecido, ferido por balas de borracha, gritava, imobilizado por dois policiais. Muito menos notavam as viaturas que surgiam pela rua.

Pedro procurou a boca de Paloma. As respirações se tocaram antes de os lábios se encostarem um no outro. O rapaz pôde ler nos olhos da namorada singelas palavras amorosas. Pedro beijou-a suavemente. Queria fazê-la esquecer de todos os maus momentos que acabara de passar.

31

Explicações

Pedro arrumava a bagunça do quarto pensando em tudo o que acontecera nas horas anteriores. Agia mecanicamente ao colocar os livros nas prateleiras, ao jogar as embalagens de biscoitos no cesto de lixo. Precisava devolver todos aqueles títulos espalhados pelo quarto. Queria esquecer os romances policiais por um tempo. Mas todos os seus pensamentos estavam voltados para a solução do sequestro do amigo.

Para surpresa de todos, Alencar e Breno eram primos. Os dois planejaram o sequestro de Renato. Breno estava discutindo muito com Fernandes sobre as decisões e o futuro do jornal. Para completar, retirara recentemente, sem qualquer escrúpulo, uma alta soma das contas da empresa. Para se safar, decidiu sequestrar o filho do sócio. Dessa forma, faria seu colega de faculdade sair do jornal completamente arrasado. Uma atitude doentia. Com a colaboração do primo que já havia trabalhado como revisor na *Folha de Urbana* e ainda remoía certa raiva contra sua demissão do jornal. Endividado, concordou em participar do hediondo plano contra um dos seus alunos. Porém, Alencar acabou encarregado da pior e mais difícil parte do plano: manter Renato preso em cativeiro e continuar dando aulas, fingindo que nada havia acontecido. E todo esse tempo guardando o sequestro deixou seus nervos em frangalhos, fazendo-o tomar decisões precipitadas. Como Renato estava bastante agitado no cativeiro, decidiu então raptar Marcele e levá-la para a companhia do namorado, achando que a presença da garota acalmaria o rapaz e, com isso, agilizaria o pagamento do resgate. Mas Alencar perdia cada vez mais o controle da situação. Tremia ao pensar que a polícia já poderia estar no seu encalço e que acabaria preso. Queria resolver tudo o quanto antes, mas Fernandes estava demorando para pagar o resgate.

E tudo acelerou quando, no elevador do prédio onde morava, Alencar, vizinho de Carlos, escutou uma conversa do jornalista com a esposa, no elevador, contando que tinha sido procurado por Pedro e que achava que o garoto andava investigando o sequestro do amigo. Naquele momento, o professor decidiu que Pedro precisava pagar pela curiosidade. O rapaz estava colocando em risco todo o plano. Ao andar na rua, pensando também que necessitava de alguém que pudesse servir de escudo para uma fuga, Alencar encontrou Paloma e chegou à conclusão de que poderia resolver dois problemas de uma só vez. Mas Pedro seguiu pistas falsas o tempo todo. Carlos, Edmundo e Sylvia não tinham nenhuma relação com o sequestro de Renato. Apesar das chances, nenhum deles era o real sequestrador. Agora, Edmundo Foca era o novo vice-diretor da *Folha de Urbana*. Breno foi preso pouco depois do depoimento de Alencar.

A amizade nos tempos de faculdade entre Fernandes e Breno fora pautada apenas em alguns interesses comuns, mas, aos poucos, ela não estava mais se sustentando. Quando não brigavam verbalmente, sentiam raiva um do outro. Dissolver a sociedade era uma questão de tempo. Mas sequestrar Renato fora uma atitude sórdida. Fernandes não queria mais ouvir sequer falar no nome do ex-sócio.

Encontrar com a faxineira fora uma surpresa para Pedro e para Takashi. Ela e o marido, o porteiro do colégio, eram o casal que havia passado por Renato na noite do sequestro. Mas o medo não deixou que eles falassem nada para a polícia, sobretudo porque viram Alencar na mesma rua nessa ocasião. Tinham receio de comprometê-lo injustamente. Acreditavam na inocência do professor. Mas, sem querer, começaram a observar comportamentos esquisitos e passaram a suspeitar de certas atitudes dele. No dia que fora limpar os armários dos professores, a faxineira descobriu um mapa – talvez o mesmo que Takashi surrupiou – e teve suas certezas praticamente confirmadas. Mas ainda não sabia ao certo como agir. Cometera o erro de deixar a folha com desenhos suspeitos no armário. Falou para o marido. Quando voltaram para rever o mapa, ele não estava mais lá. Desaparecera. Agora, não tinham mais provas.

Quando uma vizinha comentou sobre dois jovens que procuravam desesperadamente por uma terceira pessoa sequestrada pela cidade, a faxineira decidiu se intrometer naquela situação. Correu para o colégio, convenceu o marido a abrir a secretaria e anotou o endereço do professor Alencar.

Pedro lembrou que aquela pergunta que ela fizera anteriormente sobre questionar algo para uma pessoa aparentemente "aérea" poderia ser uma cena passada entre a faxineira e o professor. E, para surpresa de Pedro e de Renato, Takashi surrupiou também uma pequena agenda que tinha encontrado caída no corredor do apartamento. Nela, um endereço estava circulado. Era apenas uma sugestão de um novo possível cativeiro, o que acabou se confirmando.

E o rapaz relembrou também que Paloma havia cogitado o nome de Breno logo no começo...

Reencontrar os amigos e obter todas essas informações na tarde do mesmo dia da solução do sequestro era muito para a cabeça de Pedro. Mas, de repente, ele se deu conta de que não sabia o nome da faxineira do colégio. Precisava descobrir e agradecer pela ajuda.

Ao encostar-se à cabeceira da cama, ainda segurando uns romances policiais que devorara, o rapaz acabou adormecendo.

32

Após

Após algumas semanas, a cidade de Urbana retomava sua rotina. De volta ao *cooper*, Pedro ainda recordava cada passo do romance policial que vivera no mês anterior. E tudo começara com a notícia de um jornal que, minutos mais à frente, voltaria a comprar.

Ao passar na banca de revistas, o jornaleiro não pôde deixar de cumprimentar o rapaz e querer saber mais alguns detalhes do caso, o que fez com que ele demorasse mais do que de costume.

Ao entrar na rua da namorada, ela já estava esperando por ele na frente de casa. Com a testa levemente franzida, talvez preocupada.

– Por que essa demora toda, hein? – reclamou, fingindo estar emburrada e se sentando no muro baixo.

– É que o jornaleiro ficou me prendendo na banca – justificou. – Queria saber mais informações sobre o sequestro...

Mas a namorada não queria explicações. Queria

beijos. Muitos beijos. E abraçou o namorado suado, coisa que não fazia havia muito tempo.

— Agora trouxe dois jornais para você — ele explicou, depois do terceiro beijo.

— Hum... Por que dois? — ela estranhou.

— Acho que estou devendo alguns exemplares...

— Bobo! Não quero saber do passado agora, Pedro! Quero saber só da gente, do nosso presente! E também do nosso futuro!

Riram gostosamente. E ficaram assim ainda por um bom tempo, conversando bobagens e trocando carinhos. Depois, tomaram café juntos e sem pressa.

Eles não tinham aula logo mais. Estavam de férias. Com o desdobramento do sequestro, o diretor decidiu suspender as aulas e retomar apenas no segundo semestre. Como os conteúdos não estavam atrasados, não seria tão difícil recuperar. Agora ele imaginava que perderia boa parte dos alunos com tudo o que acontecera. E, de fato, mal o mês de junho acabou, e quase trinta por cento dos pais já tinham retirado seus filhos da escola.

Encontros semanais eram feitos com os alunos que continuariam lá, para que psicólogos pudessem conversar com os jovens acerca da violência urbana e ajudar a superar possíveis traumas causados por todo aquele transtorno.

O contador do colégio estava preocupado com as finanças. Mas isso seria uma questão para outro momento. Agora era deixar o tempo passar e ver o que acontecia.

E todos os olhares se voltavam para o vestibular que se aproximava.

Decisões nada fáceis

31 de julho. As férias acabando e, coincidentemente, o prazo para fazer a inscrição do vestibular também. Os rapazes deixaram para decidir em cima da hora, ao contrário de Paloma, Marcele e Bárbara, que já sabiam o que queriam e por isso tinham preenchido as inscrições bem antes. Escolheram Jornalismo, Nutrição e Publicidade, respectivamente.

Agora os três caras precisavam resolver de uma vez. Combinaram com as meninas no apartamento de Renato para realizarem as inscrições juntos. Pronto, confusão a caminho.

Paloma encontrou Takashi no elevador e subiram juntos para o apartamento de Renato.

– Oi – ele cumprimentou.

– Oi – ela respondeu.

Alguns segundos calados.

– Humm... Já decidiu seu curso? – ela perguntou, meio sem saber o que falar.

– Na realidade, eu tinha decidido antes de toda a história do sequestro acontecer.
– Sério? Qual?
– Queria ser professor, assim como... – hesitou, envergonhado. – Mas depois de tudo o que ocorreu...
– Imagino...
– E meus pais não estão muito de acordo com a minha escolha, entende?
– Hum-hum...
– Era um sonho...

Enquanto isso, Paloma lembrou-se da ajuda de Takashi para a solução do sequestro. Em seguida, falou:
– Takashi, quero pedir desculpas.
– Ahn? – ele se surpreendeu.
– Sempre achei que quando você falava com os professores era apenas interesse para se dar bem nas matérias. Mas estava errada.
– Não tem o que pedir desculpas... – ele falou, atrapalhado. – Que é isso?
– Obrigada, Takashi.
– Ah... Por nada.
– Posso falar algo sobre sua vontade de ser professor?
– Pode...
– Você não pode desistir do seu sonho somente porque alguém trabalhou errado nele. Seja um exemplo bom – Paloma nem poderia explicar como conseguiu falar isso.

Takashi não falou mais nada.

***

Entraram no apartamento e foi aquela algazarra. Fernandes estava em casa preparando um lanche para os amigos do filho. Decidira tirar férias da redação e curtir a companhia de Renato. Aos poucos, ele e a mulher, que tinha retornado ao trabalho, tentavam uma reaproximação. Enquanto o pai de Renato voltava para a cozinha, Paloma e Takashi entraram no quarto de Renato, onde todos já se amontoavam em frente ao computador.

Depois de alguns abraços e beijos de cumprimento, o pessoal fechou as páginas das redes sociais e dos vídeos que estavam assistindo e abriram a da comissão organizadora da prova.

– E então, quem vai ser o primeiro? – perguntou Paloma querendo colocar os meninos nos eixos e evitar que acabassem não fazendo a inscrição.

– Acho que já sei o que eu quero – declarou Renato. – Tudo isso que aconteceu comigo me fez pensar muito em justiça. Sei que não sou o mais inteligente do colégio, esse cargo é do Takashi, mas vou tentar Direito.

– Não está fazendo isso porque seu pai sonha com um advogado na família, né? – questionou Paloma.

– Não estou pressionando ninguém! – defendeu-se o pai de Renato, entrando no quarto e colocando uns sanduíches um pouco queimados sobre a cama do filho. – Apenas falei para ele decidir bem e assumir com responsabilidade sua escolha. E repito para vocês o que também disse para ele. Isso é o essencial!

— Vamos lá! — exclamou Renato, preenchendo todos os campos da página e concluindo a inscrição.

Marcele beijou o namorado com alegria. Todo aquele entorpecimento fora embora. Fernandes voltou para a cozinha feliz pelo filho.

— E agora? Pedro ou Takashi? — provocou o casal Renato e Marcele.

— Me deixa ir logo! — decidiu Takashi.

Sentou-se determinado no computador. Todos olharam para ele, estranhando tanta seriedade. Selecionou o curso de Letras.

— Pronto! — exclamou, ao concluir a inscrição.

Bárbara, que até então não falara nada, lançou um olhar curioso para o amigo. Quase ninguém percebeu, mas Takashi enrubescera.

— Agora não tem como adiar mais, Pedro — Paloma encostou o namorado literalmente contra a parede. — Chegou a hora da decisão!

Apesar da brincadeira, estava preocupada com o namorado. Nas semanas anteriores, nas conversas, ele mudou muito a escolha do curso.

— Alguém me dá um guia de profissões que eu vou abrir numa página aleatória para selecionar o meu.

– Você está louco? – perguntou Renato. – Você não pode fazer isso!

– O que é que tem? Continuo meio perdido sem saber o que fazer mesmo. Também não quero me condenar a algo de que eu não goste.

Pedro sentou-se na cama, abaixando a cabeça, pensativo.

Todos ficaram calados por um tempo.

Bruscamente, ergueu o rosto, respirou fundo e sentou-se na cadeira giratória em frente ao computador.

Compenetrado, Pedro preencheu a página rapidamente e selecionou Engenharia Civil para surpresa de todos.

34

Resultados

Por sorte, acabaram fazendo o vestibular na mesma universidade, mas em prédios diferentes. Só com muita insistência, conseguiram deixar os ansiosos pais em casa e seguir juntos para o local do exame. Marcaram de se reencontrar na lanchonete do Bloco 01 após as provas.

Depois de cinco horas dentro de uma sala, correndo contra o tempo para resolver as questões, desceram as escadas com um ar de cansaço e sem se sentir seguros, com a sensação de que poderiam fazer melhor.

Quando Pedro chegou ao ponto de encontro, os amigos esperavam por ele, lanchando alguma coisa.

– E aí? – perguntou Paloma, abraçando o namorado.

– Acho que não fui muito bem... – respondeu. – Minha redação ficou péssima. E também não consegui fazer alguns cálculos direito...

Os amigos, percebendo a desanimação do outro, preferiram não questionar mais nada.

– Agora não adianta ficar assim todo morgado – ela tentou consolá-lo. – Vamos esquecer e esperar pelo resultado!

***

O listão dos aprovados saiu na manhã do dia 31 de dezembro. Todos se juntaram na casa de Paloma. Brincavam de atualizar a página enquanto o resultado tão esperado não aparecia. Pedro atualizava, Paloma atualizava, Renato atualizava, Marcele atualizava, Takashi atualizava, Bárbara, agora mais do que nunca da turma, também atualizava. Mas nada. Recomeçaram a brincadeira pela enésima vez. Pedro atualizava, Paloma atualizava...

– Saiu! – berrou Paloma, começando a tremer. – E agora? Quem vê primeiro? – ela indagou.

– Tanto faz! Tanto faz! – falaram quase ao mesmo tempo com o coração na boca.

– Você logo, Paloma! – sugeriu Pedro.

Paloma tremia enquanto digitava o próprio nome. E, ao apertar a tecla *enter*, a palavra mais aguardada do dia apareceu na tela: **APROVADA**.

Ficou eufórica! Pedro abraçou-a loucamente, dando parabéns.

– Agora o meu, Paloma – pediu Marcele, angustiada.

Paloma digitou o nome da amiga.

– Aprovada! – leu em voz alta Paloma.

Marcele abraçou Renato saltando sobre ele.

– O de Bárbara – pediu Takashi, olhando para a nova amiga do grupo.

– Aprovada! – Paloma leu mais uma vez em voz alta. – Agora, o do meu namorado.

Mas, ao escrever o nome completo de Pedro, a empolgação de Paloma e, por conseguinte, da turma, desvaneceu. O rapaz não fora aprovado no vestibular. A palavra reprovado estava lá em negrito e com todas as letras em maiúsculas. Não precisava tanto. Paloma apertou firmemente a mão do namorado.

Depois de uma breve pausa, a tensão ressurgiu. Digitaram o nome de Renato e a expressão **LISTA DE ESPERA** apareceu na tela. O rapaz não podia perder as esperanças. Precisava aguardar confiante pelos remanejamentos.

E, para concluir, ao digitar o nome completo de Takashi, um pouco da alegria do começo retornou por causa de mais uma aprovação.

Depois de todas essas emoções, os amigos não sabiam ao certo se comemoravam pelos que foram aprovados ou ficavam tristes por Pedro e Renato. Abraços, lágrimas e sorrisos marcaram aquele momento de completa união entre eles. E tudo registrado pela câmera profissional de Bárbara.

Amigo e amor

Todos saíram para suas casas. Apenas Pedro e Paloma sentaram no pequeno muro da casa da garota. De mãos dadas, observavam o entardecer.

A alegria de Paloma não era completa por causa da reprovação do namorado. Repentinamente, pulou para o chão, puxando-o em seguida. Queria caminhar com ele pela rua.

— E então, o que será do nosso futuro agora? — parando, ela perguntou após algum tempo, olhando nos olhos de Pedro.

— Estamos em uma nova fase das nossas vidas.

— Pena que a gente não vai mais poder passar as manhãs juntos — ela fez um muxoxo com a boca. — Você, num lugar do mundo, eu, noutro — mordeu o lábio inferior, triste.

— Talvez a gente se veja um pouco menos a partir de agora... — raciocinou o rapaz. — Mas, nada mais será

empecilho para ficarmos juntos. Tudo que aconteceu nos amadureceu bastante.

– Hum-hum... – ela confirmou.

O casal seguiu de mãos dadas, românticos.

Anoitecia. Pedro encostou-se junto a um muro qualquer e ergueu a cabeça para a Lua cheia. Com os dedos da mão direita, conduziu delicadamente o olhar de Paloma para aquela belíssima cena. Beijaram-se ternamente, confundindo amor e amizade...

www.cortezeditora.com.br